講談社文庫

あやかし長屋

嫁は猫又

神楽坂 淳

講談社

目次

嫁は猫又

第一話　妖怪と鼠小僧

くすん、と鼻を鳴らすと、たまは空気の匂いを嗅いだ。そろそろイワシの油の匂いのする時間である。

人間の時間で言うなら暮六つというところだ。行灯をつけなければさすがに物が見えない時間になると、ケチな家でも火を灯す。行灯の油はイワシだから、夜になると江戸の町はイワシの香りにつつまれる。

化け猫が行灯の油を舐めるという不名誉な噂はここからきていた。しかしイワシの油は猫の体に悪いから、舐めることは絶対にない。

まったく人間は無礼千万である。

そんなことを考えていると、お腹が減ってきた。長屋に戻って何か食べるか、屋台にでも立ち寄るかと考えた。

空気には、平次の匂いは混ざっていなかった。つまり、食べさせてくれる相手は近くにはいない。

金を持っていないわけではないが、たくさんはない。ここは安くというか、タダで済ませるしかないだろう。

どうするか、と考える。たまは猫又だから、猫の姿になることができる。そうすれば食事に金はかからない。

そのかわり着物を捨てることになるから、外で猫の姿になるのはなかなか大変なことだ。

誰かにたかるか、と思うが、なかなかたからせてくれる相手はいない。

あきらめて家に帰るか、と思う。たしか煮干しが置いてあったはずだ。家路につくためにゆったりと大通りを歩く。

たまが歩いているのは秋葉ケ原の火除け地だ。避難場所なので普通の建物はない。店はすべて屋台である。

秋葉ケ原は両国ほどの繁華街ではないが、人はそこそこ多い。どこかでイカの焼ける匂いがした。

たまは思わず顔をしかめる。猫にとってイカは毒である。生のイカなら下手をすれば死ぬこともある。

人間の姿のときにはそこそこ美味しく食べられるのだが、毒とわかっていて口にするのは気持ちのいいものではない。

猫は食べ物には案外不自由する。人間のようになんでも食べられるものではなかった。

さらに歩いていると、怪しい匂いがした。正確には「怪しい汗の匂い」だ。人間の汗にはさまざまな感情が含まれている。

嘘の匂いや悪だくみの匂いなどである。だから猫は人間よりも嘘にずっと敏感にできていた。

あれにたかろう。反射的に思う。

悪だくみをしている人間は自分の影にすら怯えていることが多く、脅しに弱い。

たまは匂いのもとをたどった。ひとりの男がいる。四十歳くらいだろうか。小柄な男で、背はたまと同じくらいだ。

「こんばんは」

たまがぽん、と肩を叩くと、男は地面から三寸ほど飛び上がった。

誰かのあとをつけていたらしい。あとをつけているときに不意に肩を叩かれると、不思議なことにみんな飛び上がる。

どういう仕組みなのかは知らないが、たいていそうだ。

「なんでぇ。娘っ子じゃないか。なにか用か?」

男は居丈高(いたけだか)な声を出した。

「鰻(うなぎ)が食べたい」

たまが言うと、なにを言ってるんだという顔になる。

「なんで俺がお前に鰻を奢(おご)らないといけないんだよ」

「悪いこと考えてたでしょ」

たまが言うと、男が痛いところを突かれたような匂いになった。

「なんのことかわからないな」

「見逃すから鰻」

たまがもう一度言う。

「鰻丼でいいか?」

「鰻重」

たまが重ねて言った。

男が黙る。鰻丼と鰻重は似ているがまるで違う。鰻丼が百文なのに対して鰻重は二百文する。鰻丼はもともと出前のためのものだから、小さい。

それに店としても儲けが少ないから、鰻丼の客には冷たいのである。

「いやならつきまとう」

そう言うと、男はしぶしぶ金を出した。一朱銀である。鰻重を食べて汁粉の一杯も飲める金額だ。

「じゃあ見逃す」

言いながら、男の匂いはしっかり覚えた。

人間同士の犯罪には興味がないが、あとで平次に手柄を立てさせることができるかもしれないからだ。

平次は人間の岡っ引きで、たまの「男」である。悪い男ではないが人間の女にはまったく相手にされない。

だから、たまが「女」になってあげているというのもある。岡っ引きは手柄を立てないとまったく金にならない。

たまとしては「悪だくみをしている」連中から金をむしった後、平次に教えるというやり方をとっていた。

これなら二回美味しいのである。

それにしても鰻をどうするかだ。猫又にとって最高のごちそうは鰻である。これ以上はないと言ってもいい。

しかし高いからなかなか食べられない。こうやって悪い連中から金を巻き上げたときだけなのである。

そう考えてから、平次は最近鰻を食べているのだろうか。と考えた。鰻丼なら二人で食べられる。

平次を探して一緒に食べることにした。

平次は秋葉ケ原から両国をうろうろしている岡っ引きである。うろうろ、というのはお金をくれそうな同心を見つけてすり寄るということだ。

同心には「定廻り」「隠密廻り」「臨時廻り」とある。定廻りにはしっかりとした岡っ引きがついているから、平次がすり寄るのは隠密廻りが多い。

しかし縄張りのある定廻りと違って隠密廻りは江戸全部が縄張りだ。だから魚のいない川で釣りをするようなもので、うまくすり寄れていないようだ。

平次を探して歩いていると、神田佐久間のあたりで匂いがした。佐久間町ならちょうどいい。「春木屋」という鰻屋があって、ここがなかなかいいのだ。

平次の匂いは少しがっかりした感じのものだった。なにか残念なことがあったらしい。ここは鰻で力をつけてもらおう。

「こんばんはだにゃん」

平次の後ろから声をかけた。

平次に使う甘えた言葉だ。猫又は誇り高いから簡単には人間に甘えない。たまは平次にだけ甘えることにしていた。

「たまか」

平次の声が少し明るくなった。

「なにかいやなことがあったにゃんね」

「ああ。少しだけな」

「鰻、食べよう」

たまが声をかける。

「お前、金はどうしたんだ？」

「さっきもらった」

「誰に」

「悪い男」

答えると、平次は興味を持ったようだった。

「どんな奴だ」

「まず鰻」

正直言って、事件にはあまり興味がない。それよりも鰻のほうがずっと重要に決まっている。

「そうだな。鰻だな」

平次はそう言うと、鰻の気分になったらしい。腹が減ったという気配を出した。

「鰻丼なら二人で食べられるにゃん」

そう言って、たまは一朱銀を見せた。

平次は一朱銀を手に取ると、笑顔を見せる。

「そうだな。春木屋なら二杯いけるな」

春木屋は神田川の川沿いにある名店だ。焼き方が上手だというのでいつも行列が出来ている。夜になると酒を飲む客でもあふれている。

店の中だけでなく外にも椅子(いす)を並べている有様だ。店の外では部屋がない分四十文安い。中だと二百四十文の鰻重が二百文だというので外を好む客も多かった。

「鰻丼ふたつ。ひとつはたれなしで」

平次が頼む。鰻のたれはたまには甘すぎる。食べられないわけではないが、なにもつけないほうが美味しい。

「外だね」

店の人間が当然のように言う。これは冷遇しているわけではなくて、鰻丼を頼む人間は少しでも安いほうがいいと思っているからだ。

「外だよ」

平次が答える。

そして外の椅子に腰をかけて待つ。椅子といっても鰻を置くための長机はあって、六人分の鰻が置ける。

平次とたまの隣にもぎっしりと客が座っていた。

「それで、どんな悪だくみをしていたんだ」

平次が身を乗り出してきた。

「わからない。でも、殺しではないよ」

殺しをやろうという人間からは殺気の匂いがする。あの男からはそれはなかった。でもそこそこ悪い匂いがしたから、掏摸（すり）やこそ泥ではないだろう。もう少しタチの悪い犯罪ではないかと思う。

「そうか。明日になったらわかるか？」

「そうね。多分わかるかな」

「じゃあ明日は一緒に歩こうじゃないか」

「逢引きにゃんね」

嬉しくなって笑みがこぼれる。

「あくまで仕事だからな」

「でも逢引きには違いないにゃん」

たまがそう言うと、平次は目をそらした。

「いいのか。その、俺は人間だけど」

この平次の反応はいい。たいていの人間は「お前は猫又だけど」と言う。そこで「俺は人間だけど」と言える平次は妖怪向きなのだ。

「愛があれば種族は関係ないにゃんよ」

「それならいいけどよ」

平次が答えたときに、鰻丼が来た。

「こっちはたれなしで」

そう言うと、目の前にできたての鰻丼が置かれる。たまからすると少々熱すぎるのでしばらく放っておく。

平次のほうは来るなり口の中に放り込んでいる。食べている、と飲んでいる、の真ん中くらいだろうか。

平次が食べ終わったころ、鰻がちょうどいい温かさになった。口に入れると鰻の脂の味が広がる。

甘い。

焼き加減も丁度いい。魚も鰻も焼いたものに限る。生の魚は身に微妙な毒があって体にさわることも多いのだ。猫又は人間ほど雑にできていない。

春木屋の鰻は全体的な塩梅がじつにいい。

全部食べてしまうと、お茶を飲んでいる平次に目を向けた。

「食べた。悪い奴はもう帰ってるんじゃないかな」

たまが言うと平次も頷いた。

「そりゃそうだ。悪い連中はさっさと寝ちまうからな」

盗賊は早寝である。盗賊をする日以外は大体大人しくしている。普段から夜出歩いて目をつけられると困るからだ。

「今日は早く帰ろう」

たまが言うと平次は少しいやそうな顔をした。

「ちょっと飲んで帰りたいんだけどな」

「家で飲めばいいにゃん。お酌ならするから」

たまに言われて、平次は考え込んだ。平次は岡っ引きだからお金はいつもない。したがって外で飲むより家で飲んだほうがいいのである。

煮売り屋でなにか買えば安く上がるだろう。

「まあ。そうするか」

一度両国広小路まで出て、煮売り屋でつまみを買う。酒はまだ長屋に残っているから、八文あればつまみは買える。

「たまは飲むのか？」

「お酒はいい。平次から酔気をもらう」

「わかった」

平次はたまからもらった金で勘定をした。鰻丼のおつりが十文。これで今日のつまみを買うことができる。

「じゃあ行くか」

「その前に待って」

たまはまだ座っている平次の隣に立つと、左の耳の下を軽く舐めた。鰻の味がする。人間にとっては食べ物は胃に入れるだけだが、妖怪は違う。人間にたまる「食気」というものを食べても生きていける。

そして鰻丼の食気はやはり鰻丼の味がするのである。

「人前ではやめろよ」

言いながらも平次はまんざらでもない顔をしている。まわりからは「羨ましい」という顔で見られていた。

平次が立ち上がると、たまは左腕にしがみつくようにして歩く。こうやっていると逢引きという感じがしてすごく嬉しい。

たまは妖怪だから、人間と結婚することはできない。だからなにをやったところで仮そめの関係にしかならないのである。

それだけに人間同士よりもべったりしたいのが正直な気持ちだ。

「お。あい変わらず可愛いね。たまちゃん」

煮売り豆腐屋の松太郎が声をかけてきた。妖怪は幽霊ではないから、普通の人間には普通に見える。

だからたまは松太郎に対してはあくまで「美少女」である。

「平次と一緒だからもっと可愛いよ」

言いながら平次にしがみつく。

「よし、少しおまけしとくよ。四文な」

「そっちのこんにゃくもくれ」

「じゃあ八文」

平次は八文を払うと、両国の下柳原同朋町新地(しもやなぎわらどうぼうちょうしんち)に向かう。橋のすぐそば、両国橋と柳橋(やなぎばし)の間にある場所だ。

本来なら繁華街でもおかしくないのだが、将軍が川からあがるときの場所なので誰も手をつけないのだ。

そこに廃屋となっている長屋がある。将軍が立ち寄るわけでもないので放置されている場所だった。

たまたち妖怪はそこに住んでいる。いまのところ問題はない。

平次も最近はすっかりそこに住みついていた。居心地は悪くないらしい。一応長屋の体裁にはなっていて、木戸(きど)もきちんとある。

人間が住んでいない以外は普通の長屋だった。

木戸をくぐろうとすると、同じ長屋に住んでいるお雪(ゆき)が出てきて声をかけた。

「お帰り。客が来てるよ」

「客？」

「なんでも町奉行だってさ」

お雪は気だるげにあくびをした。お雪は雪女だ。夏だからといって溶けたりはしないが、やる気はまったく出ないらしい。

両国橋のあたりは夏でも涼しいから夜になると少しはましになるが、それにしても夏の間はずっと駄目(だめ)である。

しかし、町奉行というのは一体なんだろう。

たまは不思議に思う。

町奉行とは伝説の生き物みたいだ。江戸の町全部を仕切っているらしい。でも妖怪は人間ではないから関係ない。平次も岡っ引きだから、悪いことでもしないかぎりはまず会うことはないだろう。

「平次なにか悪いことしたの？」

「多分してないよ」

「多分って？」

「知らない間になにかしてたらわからないよ」

平次が困った顔で言う。

部屋の中に入ると、奉行は闇の中に待っていた。

「本当にいるのか？」

平次が小声で言う。人間だから、明かりのない部屋に座っている相手はまるで見えないようだ。

奉行というのは本当らしい。たまには役職はよくわからないが、しっかりした人間の匂いがした。

好感の持てる匂いだ。

「いま明かりをつけますね」

そう言うと、行灯に明かりをつけた。たまの家の行灯は灯心ではなくて蠟燭（ろうそく）である。だから灯心の三倍は明るい。

たまには明かりは不要だが、平次のためには必要だ。そして行灯の油の匂いがたまはあまり好きではない。

蠟燭のほうが匂いはましである。

奉行の姿が闇の中から照らし出された。着流し姿なのを見るとお忍びなのだろう。

「はじめてお目にかかる。たま殿。そして平次」

その人は、礼儀正しく頭を下げた。たま殿と言うのは、なにかしら調べたということだろう。

「なんの御用ですか？」

たまは平次を奉行の前に座らせると、自分もその隣に座った。

「拙者（せっしゃ）は北町奉行榊原主計（さかきばらかずえ）と申す」

やはり奉行らしい。

「平次は打ち首なんですか？」

最初に聞く。ここが大切だ。平次が打ち首になるなら連れて逃げないといけない。

「打ち首とはまた大げさな。殺すのであれば奉行でなくて捕り方が来るだろう」

奉行が苦笑した。

「それはそうですね」

たまは素直に納得する。しかし、だとすると、ますます来た理由がわからない。

「そなたはあやかし（妖怪）なのだろう」

奉行が言う。

「猫又です」

素直に答える。奉行からはいやな感じを受けない。素直に言ってもよさそうだった。

「うむ。それでな。そなたたちに頼みがある」

「なんでしょう」

「捕り物を手伝ってほしい」

奉行はごく真面目な表情で言った。嘘をついている匂いもない。大真面目にたまたちを捕り物に使いたいということだ。

「人間は妖怪を認めてないと思いますけど、どうなんですか」

「わしがいる間は認める。ここの長屋も正式にお主らに貸し出そう」

これは破格の条件だ。あやかしに正式に長屋を貸すなどとは聞いたこともない。

「大家さんはどうするんですか」

「こちらで手配しよう」

「平次は?」

たまが聞くと、奉行は平次のほうを見た。

「お主はここに住め。妖怪と手を組んで賊を取り締まれ」

「なにをするんですか?」

平次が聞き返す。間抜けな答えだが、平次の気持ちもわかる。いったいなにを取り締まるためにたまたちが駆り出されるのだろう。

「最近、あやかしが人間の盗賊と手を組んでおるのよ。奉行所も工夫したが、あやかし、つまり妖怪というものはなかなか手に負えないのだ」

たしかに妖怪は人間よりも敏感だ。盗賊と手を組んだとするなら、人間には防げないかもしれない。

「それはお金が出るんですか？　そうでなければ家賃も払えないです」

「出そう」

「それと、認めてくれるということは、平次と夫婦(めおと)になれるんでしょうか？」

ここはたまにとっては重要なところだ。

「うむ。よいだろう」

奉行が頷いた。

「待った！」

平次が体を浮かせた。

「俺の意思は？」

「いらない」

たまが答える。

「いや。いるだろう」

「平次、いやなの？」

「いやってわけじゃないけど、さすがに無理がないか？」

平次は困ったような顔になった。

「どこが？」

「人間とあやかしだし」

「ふうん」

たまは舌を出すと平次の頬を舐めた。いやな味ではない。少なくともたまを拒んでいる味ではなかった。

「照れてるのね」

「そういう問題じゃないだろ」

「寝てていいよ」

そう言うとたまは息を吹きかけた。平次の目がとろんとし、次の瞬間には床にころがって眠りはじめる。

「便利であるな。それはどのような技だ」

奉行が興味津々という様子を見せた。

「猫なら誰でも持っている能力で、まわりにいる人間の眠気を誘うのです。わたしは猫又ですから自由に眠りに落とせますよ」

「それはなかなか頼りになるな」

奉行は楽しそうにしている。そんなことよりも、本当に平次と夫婦になれるのかが一番重要である。

「どうやって夫婦になるのですか？」

「安心するがよい。きちんと書類を整えてやろう」

「夫婦って書類でなるんですか？」

妖怪の世界にそんなものはない。愛し合っていれば夫婦である。しかし人間はどうもそうではない、というのは知っていた。

「どういう書類なのですか」

「なに。簡単だ。お前の住んでいる場所の名主（なぬし）。大家。仲人（なこうど）。これらが署名したものがあればよい」

「本人の署名は？」

「この奉行が仲人をつとめるゆえ案ずるな。こやつがどう言おうと奉行が夫婦として認める」

奉行は頼もしく言った。

「でも大丈夫なんですか？　人間と妖怪の夫婦なんて」

「江戸に住んでおれば妖怪といえども町奉行支配。ましてや捕り物に協力するとなれば、夫婦を認めぬということはない」

「ありがとうございます」

たまは頭を下げた。

これからどうなるのかはともかく、これで晴れて夫ができたことだけはたしかである。明日からは若夫婦かと思うと、それだけで心が躍ったのであった。

平次が目覚めた。もう朝である。

匂いからすると、かなりすっきりとした目覚めのようだ。寝ている間にちゃんと布団の上に移動させておいたから、寝心地も良かったに違いない。

「お奉行様は」

「平次が寝たからとっくの昔に帰ったにゃん」

たまは甘えた声を出すと平次の布団に潜り込んだ。

「おいおい。やめろよ」

「だってもう夫婦なんだよ？」

たまはそう言うと、平次の頬に額をこすりつけた。

「もうってなんだ？」

「平次が寝てる間に夫婦になったの」

「なんだって」

平次ががばっと起き上がった。緊張した汗をかく。

「何か問題あるの？」

たまが訊く。

「問題というか。どうやって？」

平次に言われて、たまは奉行から預かった書類を出した。

「これ」

たまに渡された書類に目を通す。

「大家さんの名前と判子、お奉行様の名前と判子。内与力(うちよりき)様の名前と判子。わたしの名前もちゃんとあるよ」

「もう一度訊くが俺のは？」

「いらない」

「いや。やはり俺のもいるだろう」

「いらないってお奉行様は言ってたよ」

たまが言うと、平次がいやそうな表情になる。表情だけ。

「それはひどくないか？」

「平次はいやなの？」

「そうでもない」

「わたし、可愛くない？」

たまが抱きつくと、平次は抵抗せずに押し倒された。

「可愛い」

「じゃあいいじゃない」

「そうか」

平次はなんだか納得したようだった。もともと人間の恋人がいるわけでもない。妖怪だろうとなんだろうと、恋人がいて悪いわけではないだろう。

平次がたまの頭に触れた。

ちょうど耳があるあたりだ。平次の手に触れられるとすごく気持ちがいい。平次が耳の根元のあたりをかりかりとかいてくる。

「そんなことされたら眠っちゃうよ」

「ああ。すまないな」

平次が謝る。

「じゃあ夫婦で」

たまに言われて、平次がくすりと笑った。

「まあ。いいよ。それで」

その部屋には、人間は平次ひとりだった。あとは妖怪である。猫又のたま。雪女のお雪。ふた口女の双葉(ふたば)。ろくろ首の菊一郎(きくいちろう)である。

「では第一回の会議をはじめます」

たまが言う。

この長屋は「化け物長屋」としてきちんと認められた。そのかわり家賃を払わなければいけない。

「会議もなにもいらないよ。怪しい奴を全部通らせたらおしまいだろう」

お雪が気だるげに言った。お雪は不真面目な雪女である。雪女というのは妖怪といってもやや神に近い。無用な日照りが起こらないように空気を冷やすための存在だ。にもかかわらずお雪は江戸でだらだらしている。おかげで夏でも長屋の中は冷えていて快適である。

「殺しちゃ駄目なのよ。捕まえるのが大切なの」

「面倒だね。人間は」

お雪は枕を取り出すと、畳の上にころがった。まったくやる気がない。

「それで、実際どうすればいいの？」

双葉がおずおずと訊いてきた。

ふた口女というのは、わりと信じられているのが、口がふたつあってたくさん食べるという伝説だ。

しかし口がいくつあろうと胃袋はひとつなので、普通の人間と食べる量は変わらない。もうひとつの口はたしかにあるが、それは別のものを食べるのだ。

ふた口女の食べ物は、悪霊や人間の心である。特に人間の悪い心。心を全部食べてしまうこともできるから、妖怪の中ではもっとも凶悪なうちのひとつだ。

しかし気が弱いことが多い。双葉も基本的には気弱で人見知りである。

「双葉はまあ、悪い心を食べてくれればいいよ」

たまが言うと双葉の目が輝いた。

「それは美味しそうね」

腰のあたりから声がする。ふた口女の二つ目の口は体のどこにでも移動できる。そして男の声でも女の声でも自由に出せた。

だから何人相手にしゃべっているのか、いつもわからなくなる。

「それにしてもどんな妖怪が盗賊と手を握ってるんだろう」

菊一郎が不思議そうな顔になる。たしかにそうだ。妖怪は大体人間とは接しない。ましてや手を組んで盗賊となると考えられない。

「騙されてるのかしらね」

たまは言う。

朴訥な妖怪が多いから、弁の立つ人間に会うとすぐ騙される。人間はだいたい妖怪よりもタチが悪いのだ。

「まあ、騙されてるんだろうね」

菊一郎はため息をついた。

菊一郎はろくろ首だが、普段は大工をやっている。ろくろ首というのは首が伸びるのが目立つが、手や足も伸びたりする。

大工としてはとても役立つので、親方にもかわいがられている。ろくろ首でやばいのは飛頭蛮というやつで、これは人を食う。

しかし普通のろくろ首はまるでそんなことはない。現実に菊一郎はぬか漬けと黒米で生きている。

「ところでさ。そこの人間はさ、なんでたまちゃんの隣に座ってるんだ」

菊一郎が不満そうに言った。

「そこが気になるの？」

たまが思わず突っ込む。

「大切だろう」

菊一郎が腕を組んだ。

「平次はわたしの夫だから」

たまはゆっくりと言った。

「それが納得いかかねえ」

「どうして？」

「俺に嫁がいねえ。俺はたまでも双葉でもお雪でもいいんだ。もちろん可愛くてかいがいしければ人間でもいいよ」

菊一郎が真面目に言う。

はっきりいって菊一郎はモテない。顔は別に悪くないが、自己中心的なのである。嫁は無条件で自分に尽くすべきだと思っている。

しかも無駄に手間をかけるのが嫁だと思っている、困った男である。

「あんたのところに嫁に行く女はいない」

お雪がだるそうに言った。

「わたしは絶対に行かない」

はっきりとした口調で言う。

「菊一郎のお嫁さん話はやめましょう」

双葉もおずおずと言う。

「いまは盗賊の話なんでしょう」

双葉にも言われて菊一郎は黙った。

「それでね。まずはむじな。これが手を組んでるみたい」

たまが言うと、全員が納得した顔になった。

「ああ。むじなね。ありそうなこったね」

そう言うと、お雪はあらためて床の上で眠る体勢になった。

「寝る」

「寝ないでって」

たまは声をかけたが、全員のやる気が一気になくなったのがわかる。これはたまだけでやるしかないかもしれない。

「むじなだとなにかするのか？」

平次も気配を察したらしい。

「むじなは馬鹿なのよ」

たまはため息をついた。

むじなは穴熊の妖怪である。動物から変化した妖怪は多いが、その中でも頭のいい妖怪と悪い妖怪がいる。

猫や狐、狼などは頭がいい。狸（たぬき）はまあまあ。そしてむじなはかなり頭が悪いほうに属している。

彼らはとにかく気立てがいい。そして少々子供っぽい。だから人間に騙されればなんでもやりそうだ。

とにかく悪意がないから、叱（しか）るのもばかばかしくなる。

「いやいやそうじゃなくて。むじなを利用して儲けてる悪い人間がいるということじゃない」

お雪があきれたように言う。

「たまひとりで充分だよ。じゃあ帰る」

そう言ってお雪が帰った。他の連中もさっさと帰ってしまう。あとにはたまと平次だけが残った。

「まあ、そうなるよね」

たまはため息をつく。

「そんなに駄目なのか？　むじなって」

平次が不思議そうに言う。

「子供なのよ、要するに。無邪気な子供。だからたいした悪事もできないしね。もう少し強そうなのが出てきたらみんな燃えるかもしれないんだけど」

「そうか」

「まあ、わたし一人で充分だけどね。ところで相手はむじなだけではないのよね」

「そうだな。榊原様の話だと人間だけでも四人くらいいるみたいだ」

「じゃあむじなかその仲間を捕まえて訊くわ」

「しゃべるのか？」

「飴（あめ）でも渡せばしゃべるから。嘘はつけないからね」

むしろむじなのような妖怪を騙す人間に腹が立つ。

「それでなにがあったの。どこで？」

「最初は四谷のほうにある紀国坂でむじなが出たらしい。驚いた人が金を落としたようだ」

「そんなの盗賊でもなんでもないじゃない」

「それがそうでもないんだ。むじなが現れるのは決まって大名屋敷のそばなんだけどな。むじなが出たあとに大名屋敷から金が盗まれるんだよ。それも千両箱がな。大名屋敷だけじゃない。寺もやられてる。多いときは四箱も持ってかれるらしい」

「千両箱が盗まれるというのはなかなかね」

千両箱というと、大体七貫目くらいの重さだ。八歳くらいの男の子を抱えるようなものである。

「かなりの人数を揃えてるのかしら」

「いや、この件で動くのはひとりらしいぞ」

「それは無理でしょ」

たまは言ってから、ははあ、と思う。そこで妖怪の力を借りているということだ。そうでもないとひとりで千両箱をいくつも運び出すのは難しいだろう。

誰だかわからないが、妖怪の名誉のためにも放っておくことはできない。しかしどうやって探そうかと思う。

妖怪は人間と違って気配を消すことができる。しかしむじなは比較的脇が甘い。

「とにかくむじなを探すしかないわね」

「できるか」

「平次は見つけたい？」

「そりゃそうだろう。捕まえるのが仕事なんだから」

「妻の力が欲しいのね？」

あらためて言う。

「おう」

平次が横を向いた。

「横を向いては駄目。あと、おう、でごまかしても駄目」

たまは釘を刺した。

もちろん平次に好かれているのは匂いでわかる。しかし、わかっているからなにも言わなくてもいい、では困る。

ただでさえ人間と妖怪という壁があるのだ。愛情は形で欲しい。それに好きな度合いでいけば、たまが十で平次が四というところだ。

だから、あまり重い妖怪だとは思われたくない。しかし、少しは愛情を言葉にしてほしい。もやもやする気持ちの整理はなかなかつきそうもなかった。

平次が顔を赤くしている。どうやら言葉にするのは恥ずかしいのだろう。

「もういいよ。気持ちはわかってるから」

そう言うと、平次にしがみついた。

「わたしが好きだからそれでいいにゃん」

妖怪なんだから、片想いくらいでちょうどいいと思うことにしよう。


それからしばらく平次と話した。

わかったのは、盗みのある日は必ず雨が降るということ。そしてひとりで重い荷物を運ぶことだ。雨で足音を消すのに違いない。

怪しいと思われる妖怪は雨降らしとか雨女あたりだろう。荷物は一反木綿が運ぶというのもありえる。いずれにしても複数の妖怪が関わっているような気がする。

「狸のすみかを探してみるのもいいかもしれない」

「どうしてだ？」

「むじなは狸と同居することが多いのよ。同じ穴のむじなっていうでしょ」

「本当に同居するのか？」

「そうよ。相性がいいみたいでね」

かといって狸が巻き込まれているという確証はないのだが。

「最初は赤坂(あかさか)だったのよね」

「ああ」

「なんとなくわかるわ。じゃあ、探す場所は決まったわね」

「どこだ？」

「麻布(あざぶ)。狸穴町(まみあなちょう)よ」

もともと麻布にはむじながたくさん住んでいた。ついでに同居している狸も多い。狸のほうが人間の目につきやすいから、いつの間にか狸穴と呼ばれるようになったのだが、本来はむじなの縄張りだ。

なので麻布には妖怪も多い。

そのうちの誰かが、人間に騙されたのに違いなかった。

「じゃあ二人で狸穴町に行くか」

平次に言われたが、いまひとつ嬉しくない。狸穴というのは麻布の中でも特になにもない所である。履物(はきもの)屋があるくらいで、まさにむじなしかいないような町だ。

しかも町全体がむじな臭い。

「まあ。しかたないね」

しぶしぶ頷く。

「ついでになにか食べよう」

「じゃあ、ちょろ河岸に行こうよ」

ちょろ河岸は、赤羽橋のそばにあるちょろっとした河岸だ。魚河岸と呼ぶには規模が小さいのでちょろ河岸という。

「お前よく知ってるな」

「妖怪は行動範囲が広いのよ」

言いながら、少し気持ちが軽くなる。麻布のあたりの名店というと蕎麦しかない。しかし、蕎麦屋は葱の匂いが強いからあまり好きではないのだ。

「さっさとすませてちょろ河岸に行くよ」

そう言うと、気分よく外に出たのだった。

両国から麻布までは舟である。麻布にある狸穴橋で降りれば狸穴だ。橋に近づいた時点でもうむじな臭い。

橋のたもとで舟を降りる。

狸穴町は町と名乗ってはいるが、家が何軒かあって履物屋があるだけで、あとはなにもない狭い町である。

町の奥のほうに行くといくつも穴があいていて、むじなのすみかがある。

「たまだけど、誰かいる？」

声をかけても反応がない。むじなは夕方に這い出してくるから、まだ少し早いのかもしれない。

「先になにか食べよう」

声をかけると、平次も頷いた。

「そうだな」

狸穴橋から赤羽橋のほうに向かう。舟でもいいが、ここは歩くのを選んだ。このへんで妖怪なり、悪人に会えるかもしれないからだ。

もしむじなといるなら、悪人もいそうな感じがする。

「手、つないでいい？」

そう訊くと、平次は黙って左手を差し出してきた。手をつなぐと、平次の体温が伝わってくる。

これで今日のところはどうなってもいい。

人間の事件よりも平次の手が大切だ。

そのまま赤羽橋に向かおうとしたとき、鼻に違和感があった。またたびの匂いだ。それも、ただのまたたびではない。猫又もまたたびは好きだが、猫のように強い反応はしない。

しかし、ある種の香に混ぜて焚かれると駄目だ。眠くなったり、引き寄せられたりする。偶然そんなふうにまたたびの香を焚くということはないだろう。

つまり、たまのことを知っている誰かがいるということだ。

「平次。まずい」

「どうした？」

平次がたまの様子に気がついた。

「またたびの香が焚かれてる。もうすぐ寝ちゃう。どうしよう」

「どういうことだ？」

「罠を張られた。ごめん」

そう言ったのが限界で、たまは意識を失ってしまった。

目が覚めたときは長屋の中だった。目の前にお雪と双葉がいる。

「無事に帰れたの？」

「なんだかいやな予感がしてついていったのさ」

お雪が言った。

雪女は勘がいい。妖怪よりも神寄りのせいなのか、いいときに勘を発揮する。たまが倒れてすぐに守ってくれたということだ。

「ありがとう」

たまは礼を言う。相手を甘く見すぎていたようだ。

「思ったよりも面倒なのが後ろにいるみたいだね」

お雪が表情のない様子で言った。これはかなり怒っている証拠だ。まるで能面のような顔をするときが一番怖い。

「どうしたらいいのかな」

「もう一回狸穴に行こうじゃないか。今度は最初から人数揃えて。夜にね」

妖怪はだいたい夜のほうが強い。向こうも強くなるだろうが、雪女とふた口女がいるならそうそう負けはしないだろう。

「そこの男は置いていこう。危ないからね」

お雪が言う。

たしかに人間の平次は今回は足手まといだろう。

「俺は奉行所に報告しておくよ」

平次も無理についていきたいとは言わなかった。

「せっかくのちょろ河岸を台無しにしてくれて」

たまは完全に腹を立てていた。平次との甘い時間をあんな無粋な方法で潰してくれるとは許せない。

「あの……平次さんは一緒に来たほうがいいと思うの」

双葉がおずおずと言った。

「どうして？」

たまが訊く。

「たまの弱点だけしか把握していないならいいけど、もし全員分の対応を用意してあったら人間しか頼れないでしょう」

たしかにそうだ。妖怪は強いが、それなりに弱点もある。人間のように弱いが弱点がない生き物とは違った。

「でも、ふた口女とかろくろ首に弱点なんてあるのかい」

「あるのよ。内緒だけど」

双葉が頷いた。

「そうかい。でも人間じゃ頼りにならないんじゃないかな」

お雪が不満そうに言った。

この状態では平次はあまり頼れない。たまの対策だけを相手がしていることを祈るくらいしかない。

「わたしにも弱点はあるけど、本当にわたしの弱点をつけるのかねえ」

雪女は極端な熱には弱い。たとえば熱湯などだ。といっても、銭湯などでも溶けたりはしない。お湯がぬるくなるだけだ。

もっとも雪女は冬でも行水ですませることがほとんどだから、銭湯には行かないが。

熱湯をかけられる距離まで近づくのは難しいだろう。

平次を連れていくかどうか迷う。

彼に頼るか。頼らないか。

「一応俺も行こうか。たまが心配だからな」

平次が言った。

「わたしらは心配じゃないのかい」

「双葉は心配かな」

平次が答えた。お雪が鼻で笑う。

「どう考えてるのか知らないけど。ふた口女っていうのは相当強いんだよ。簡単に負ける生き物じゃないんだ」

「そうか。すまない」

平次が頭を下げる。しかしこの中ではお雪が最強なことは間違いない。

「じゃあ、明日の夜になったら行ってくるよ」

「わかった。じゃあ俺は出かけてくる」

平次は立ち上がった。おそらく奉行所への報告だろう。

平次がいなくなると、お雪は厳しい顔になった。

「一体誰がやってるんだろうねえ。猫又の弱点をついてくるなんて」

「まったくわからないわね」

たまも不思議である。そもそも、狸穴に行ったのは前もって決まっていたことではない。いくらなんでも備えがよすぎる。

「偶然とは思えないのよね」

「そんな偶然はないさ。とにかくたまがつけられたか張られたかしていたと考えるほうが自然だろう」

「この長屋が見張られてるっていうことかな」

「そうなるね」

たまははっと気が付くと長屋から飛び出した。空を見る。すると、白い布が飛び去って行くのがはっきりと見えた。

どうやら一反木綿に見張られていたらしい。

「一反木綿だ」

部屋に戻ると呟いた。

「なんだって一反木綿が盗賊の片棒なんてかついでるんだ」

「お金がいるんじゃないかしら」

双葉が言う。

「奴らになんで金がいるんだよ」

お雪があきれた声を出した。

たしかにそうだ。猫又や雪女なら人間にも混ざれるから、金が必要なこともある。

しかし一反木綿は布だ。どうやっても金はかからないだろう。

「つまり、誰かのために必要なお金ってことね。一反木綿じゃ働けないから」

たまが言うと、双葉が大きく頷いた。

「そうね。その気持ちを利用されてるのかもしれないわ」

だとすると人間のほうはかなり悪い奴ということになる。

「少しでかけてくる」

たまは立ち上がった。

「危ないことはするんじゃないよ」

お雪が言った。

「そのへんを散歩してくるだけ」

そう言うとたまは長屋を出た。

長屋とはいっても妖怪しかいないから、普通の長屋のように中に店はない。八百屋のひとつもあったほうが長屋っぽいと思うのだが。

一歩外に出ると夏の喧噪の中だった。

とにかく人通りが多い。下駄の音や雪駄の音であふれている。

悪い人間がこのあたりを見張っているのかをたしかめたかった。

空気をかいでも特別な匂いはない。といってもまたたびでやられてしまっているから、普段よりも鼻はきかなかった。

まずは目を使うしかないだろう。

物陰に立っている人間を探す。長屋を見張るのであれば、目立たない場所に立っているに決まっているからだ。

しかしいない。

今日のところはあきらめたのかもしれない。

落ち着くとなんだかお腹が減ってきた。よく考えると今日はろくに食べていない。懐に多少の金はあった。両国広小路でならなにか食べられるだろう。

適当な屋台を探す。

両国広小路も秋葉ヶ原と同じ火除け地だから、店は屋台だけだ。妖怪にとっては屋台のほうが安いし気楽である。

一軒の蕎麦屋に入る。

「納豆蕎麦。葱抜きで」

注文する。

「八文だよ」

金を払うとすぐにもり蕎麦が出てきた。たまは葱は嫌いだが納豆は好きだ。なんとなく力が出る気がする。

納豆は小皿に入っている。ついている辛子を取り除くと、まず納豆を口の中に入れた。やや小粒で、豆の味がいい。

「おいおい。納豆だけ先に食べちまうのかよ」

店主があきれたような声を出した。

「これが美味しいの」

言いながら蕎麦のほうに口をつける。両国の蕎麦は四文が基本だ。そばが四文、納豆が四文だ。そば自体は量も少ない。ほぼ一口で終わってしまう。

しかしたまにとってはそのくらいがいい。

食べ終わると両国を散策する。

妖怪が働いているかを調べるためである。妖怪といっても考えはそれぞれで、山の中で人間と関わらずに暮らしている者も多い。

しかし、なんとなく人間が好きで、溶け込んで働いている妖怪も少なくはない。しばらく歩いていると妖怪の匂いがした。

狐だ。

どうしよう。と少し考える。狐は頼りになる妖怪だ。しかし、人間と手を組んで盗賊をしそうなのは真っ先に狐である。

彼らは気配を隠すのがうまいから、盗賊と手を組まれていてもわからない。猫又も騙すのは得意だが、狐はもっと得意だ。

とはいっても、簡単に人間に使われたりはしないだろう。

両国広小路を歩いて薦張芝居の前まで行く。

小屋のあたりから澄んだ声が聞こえる。芝居の台詞を叫んでいるようだ。近寄っていくと、女狐の蘭だった。

たまからすると耳と尻尾が生えて見えるが、人間には見えない。単なる美人に見えているに違いない。

蘭は木戸芸者として働いている。役者の声真似をして客に呼びかける仕事だ。そうやって芝居に客を呼び込むのである。

狐だけに声真似はうまい。似合いの職業と言えた。

呼び込みが一段落つくまでしばらく待つ。蘭のほうもたまに気がついているから、終われば声をかけてくるだろう。

芝居の客はほぼ女性だ。だから木戸芸者は女に好かれる声でないといけない。その点蘭は誰からも好かれる声をしていた。

仕事が一段落したとき、蘭のほうからたまに近寄ってきた。

「なにか用事かい。珍しいわね」

蘭が本当に不思議そうな顔をする。蘭は可愛いというよりは美人だ。そして自分でも美人だというのをよく知っているふるまいだった。

「人間と手を組んで盗賊をやってる妖怪がいるんだけど、なにか知ってる?」

たまはまっすぐに訊いた。

「知らないね。そんなのいるんだ?」

そう言ってから、ふふん、と馬鹿にしたように笑った。

「まともな仕事ができないから盗賊なんかやるんだね」

蘭はすごく器用である。唄(うた)も踊りもなんでもできる。芸者などをやると人気が出すぎてしまうから、木戸芸者をやっているというくらいだ。

蘭からすると盗賊などは馬鹿馬鹿しいのだろう。

「蘭に声をかけた奴はいないかと思って」

「いないね」

あっさりと言う。狐は格が高い。味方にすれば強力だが、たいていの妖怪のことは馬鹿にしているから、なかなか味方にはなってくれない。

「むじなが絡んでるのはわかったんだけどね。一反木綿と」

たまが言うと、蘭がいやそうな顔をした。

「あんな連中と手を組むなんて思ったのかい」

「そんなこと思わないよ。でも、あっちが手を組みたいと思うだろうから」

「たまには来た？」

「来ない」

「じゃあ雑魚が集まってなにかやってるんだね」

蘭は迷いなく言った。

「そうかもしれないけど。こちらのことをよく知ってるかもしれないの。またたびを香に混ぜられた」

たまが言うと、蘭は少々不機嫌になった。

「こざかしいね」

狐にはまたたびのようなものはないが、いくつかの植物を香に混ぜられるとやはり眠ってしまう。

嗅覚の鋭い妖怪には案外効果があるのが香なのだ。

たまたちは徒党を組んでいるからいいが、狐のように単体で行動する妖怪にはなかなかやっかいなものだ。

「わかった。しばらくの間は手を貸してやってもいいよ」

蘭が言う。手を組んでやってもいい、とは言わない。あくまで自分が貸す側だということだろう。

「なにかあったら教えてほしいの」

「どこに教えに行けばいいんだい」

「両国橋のそばにわたしたちの住んでる長屋があるから。そこに」

「妖怪で長屋を借りてるのかい？」

「ええ。お奉行様が認めてくれたのよ」

「へえ」

蘭が興味深そうな声を出した。妖怪だけで住んでいる長屋があるなら、妖怪にとってはこれほど楽な場所はないからだ。

「それはなかなか楽しそうだね」

「まだ部屋は空いてるよ」

「考えておく。じゃあまた仕事するわ」

そう言うと蘭が仕事に戻った。

とりあえず狐が味方になるのはありがたい。

蘭を置いてまた歩くと、先日鰻代を巻き上げた男の匂いがした。やはり悪だくみをしている匂いがする。

今日はしっかりと問い詰めてみようと、匂いのもとを探した。両国広小路は人でごった返している。猫又といえども人の後をつけるのは大変だ。

そのうち匂いが消えてしまった。どうやら舟に乗ったらしい。

なんとなく気にはなったが、これ以上追いかけることはできそうになかった。

長屋に帰って少し寝ることにする。こういうときは、家が近いのは便利だ。長屋に戻ると人間の匂いがした。

こんなところに訪ねてくる人間がいるのは不思議な気がした。

どうも双葉の家にいるようだ。

中に入ると、ひとりの男が双葉の前に座っている。双葉は泣きそうな感じの表情でおろおろしていた。

「なにか用ですか?」

やや冷たい声を後ろからかける。

「あんた、ここの人かい」

男が温度のない声で言った。抑揚(よくよう)もあまりない。たまのあまり好きではない声だ。

「ここの人ならなに」

「今月からきちんと家賃払ってくださいよ」

「え」

どうやら男は大家らしい。声に温度がないのはやり手ということだろう。

「もちろん払うけど。月の頭から住んでたわけじゃないから、全額じゃなくていいでしょ」

「月の頭からというか、ここ数ヵ月住んでたでしょう。わかってるんです」

男の声も匂いも真剣だ。

これは手強(てごわ)い、と思う。大家というのは長屋を管理するだけでなく町の管理人でもある。地主から依頼を受けて長屋を扱うのだ。

腕がよければいくつもの長屋を掛け持ちして大家となり、家賃を取り立てる。

長屋の住人の身元保証も大家の仕事である。気配からすると妖怪だということをわかって引き受けた様子だ。

「怖くないんですか？」

「なにがですか？」

「わたしたちが妖怪だって知ってるんでしょう？」

たまの言葉に、男はしゃんと背筋を伸ばした。

「店子です」

「はい？」

「鬼だろうと妖怪だろうと店子である以上は同じです。家賃を払いましょう」

きっぱりと言われて、たまは黙った。こう言われては勝ち目はない。

「値段も知らないいんですけど」

「ひとり三百文ですよ。場所からすると格安です」

たしかにそうだろう。払えない額ではなかった。しかし妖怪はもともと普通に働く習慣がない。だからハラハラする金額ではある。

「では、月末にとりにきますから」

男ははっきり言うと、さっさと出ていった。用事が済んだから出るというだけの、やはり温度感のない移動だった。

あれも妖怪なのではないだろうか。そう思えるほど感情がない。からくり人形の妖怪だと言われたら信じてしまいそうだった。

「怖かった」

双葉が言う。

「なんか手強そうね。あれ」

「食費削らないと」

双葉は大きくため息をついた。

「人間は妖怪と違ってあこぎだからね」

たまもため息をつく。戦うとなれば妖狐が相手でも物怖じしないが、大家というのはまったく別ものの強敵である。

家賃のためにも事件を解決しないといけない。

とりあえず寝よう。と決めた。

眠りが足りないと力が発揮できないからだ。

たまはさっさと家に帰ると眠ることにした。猫又は寝つきがいい。寝起きもいい。目をつぶるとすぐ眠りに落ちて、なにかあれば即座に目覚める。

起きたときにはもう夕方だった。

夜の匂いがする。長屋の中の行灯の油は菜種油である。イワシの油は匂いがきつすぎる。

といっても油は双葉しか使わない。あとの連中は闇の中でも普通に生活できる。

立ち上がると大きく伸びをした。平次が部屋に立ち寄った気配はない。奉行所でなにかあったのだろうか。

奉行所の同心の勤務時間は巳の刻から酉の刻までである。岡っ引きは時間で区切られてはいないが、そろそろ戻っていてもおかしくはない。

同心は岡っ引きに心づけを渡すことはあっても一緒に飲んだりはしない。今日は用事が終わればさっさと戻るはずだ。

悪いことでもなければいいが、と思う。胸さわぎはしないからたいしたことはないだろう。なんとなく平次とはつながっているから、危なければわかる。

ひとりで飲んでいるのかもしれない。

飲むとしたら両国広小路だろう。まずは平次を探してみよう。

長屋を出ると両国に向かう。といっても目の前にあるようなものだから、すぐにつく。と、またしても例の男の匂いがした。

これは近すぎる。まるで長屋を眺めていたかのような近さだ。男の匂いが気になったのは、自分に関係があるからかもしれない。

男の匂いが移動する。このままだと舟に乗って逃げるかもしれない。たまは素早く匂いのもとを追った。

男が川沿いを歩いているのを見つけた。

素早く前にまわり込む。

「見つけた」

たまが言うと、男が怯えた顔になった。たまのことを憶えていて怯えたというよりも、いまやましいことがあるという感じだ。

男の心臓の音がやかましい。

「少し長屋までつきあってほしいんだけど」

「俺には用事はねえぜ」

男は虚勢を張った様子で口をとがらせた。

「こっちにあるのよ」

たまが一歩前に出る。

「大人しくついてこないなら、少し手荒になるわよ」

たまに言われて男があきらめた。

「わかった。ついていくよ」

この段階で男は怪しいと確信する。たまの見た目はただの美少女だ。手荒と言われても本来なら怖くもなんともないはずだ。つまり、目の前の男はたまが妖怪だというのを知っていることになる。

この前、金をゆすることで満足するのではなかった、と後悔する。あのとき追いつめていればもっと簡単にけりがついたはずだ。

男の前に立って歩きはじめる。わざわざ逃げたりはしないだろう。話しているうちに平次も帰ってくるに違いない。

男を自分の家に入れる。明かりをつけて座らせると、お雪と双葉を呼びに行った。

「ちょっと来て。手がかりが来たの」

たまの言葉にあわてて二人が部屋にやってきた。

「なんだよ。美人ばっかりかよ。こっちにつけばよかったな」

男がにやりと笑った。部屋の真ん中で堂々とあぐらをかいている。

「そっちには美人がいないってことかい。というかあんたは誰さ」

お雪が気だるげに言う。

「そう簡単に口を割るわけにもいかないだろう」

「じゃあ死ぬといいよ」

お雪が本気の声を出した。

部屋の温度がすっと下がる。夏だというのに寒気がした。

「なんでもしゃべる。すまなかった」

男の顔が青ざめた。

お雪の殺気がわかったらしい。

「最初からそうしたほうが長生きするよ」

「わかった」

頷くと、男は語り始めた。

もとは、むじなが意味もなく化けていたずらをしたところから始まったそうだ。むじなは化けることはできるが強くはない。

驚かされたほうが怒ってむじなを殴り気絶させた。そのときに、化ける力を利用して盗賊を働こうと思ったというわけだ。

一瞬、納得しかけて踏みとどまる。

この理屈はおかしい。むじなを見つけて見世物にするとでもいうならわかるが、だから盗賊をするという理屈にはならない。

むじなを見つけた後、盗賊に至るまでの道のりがわからない。

しかし男からは嘘の匂いはしなかった。

「嘘をついている感じはしないけど、理屈がわからない。むじなを捕まえたことと盗賊はどうやって結び付いているの」

「そこを突っ込むのか。用心深いな」

男が肩を竦めた。

「用心深いんじゃない。理屈が合わないでしょ。それに嘘をついていない様子なのも気に入らない。何かうまく隠しているのか、妖怪に嘘を悟らせない技を身につけているのか。どちらにしても気分が悪い。それに、最初からわたしを妖怪だとわかってるところも嫌だ」

たまにそう言われて、男は腕組みした。

「たしかにそうだな。そちらの立場からしたら当然だろう。ここのところ俺はこの長屋を見張っていたのは間違いない」

「そんな気配はなかったけど」

見張られていたらわかるはずだ。

「気配が出ないように見張ることはできるんだよ」

「どうやって」

「それはこの件とは関係ないから内緒って事にしておいてくれないかな」

男にとっては大切な秘密らしい。自分の技について人にうかうかと教えるのはたしかにまずいだろう。そこは放っておくことにした。

「それで、なんだって盗賊と手を組んでるんだい、妖怪たちは」

お雪が言う。

「そこは素直に金だな」

「しかしこう言っちゃなんだけど、金に目が眩むほど欲しいものなんて妖怪にはないような気がするんだけどね」

「むじなにはあるみたいだぜ。果物とか肉とか」

食べ物か、とたまは思う。食い意地の張っているむじなはつられてしまっても仕方がないかもしれない。

「盗賊のほうは誰なのかしらね」

「鼠小僧って連中だよ」

「連中？　一人じゃないっていうことかい」

お雪には不思議らしい。やりたいことは一人でやるお雪にはわからないのだろう。

「そうだな。名前はひとつだけど人数はそれなりにいるよ。妖怪と手を組んで大名屋敷や寺を襲っているって奴らは」

「それであんたはどんな役割を負ってるんだい」

お雪が言いながら床にころがった。そろそろだるくなってきたらしい。夏の雪女はだらしなくってどうにもならない。

「まあ。情報集めってところですね」

それから男はあらためて言った。

「俺は八郎っていう。よろしく頼む」

「それで、むじな以外に誰が絡んでるの」

「一反木綿と雨女。それから小豆洗いだ」

「そいつはちょっと面倒だね。小豆洗いって女かい。男かい」

「女だよ。婆さんだ」

八郎が言うと、お雪は少々いやな顔をした。たまもあまりいい気持ちではない。小豆洗いは幽霊と妖怪の真ん中くらいの立場にいる。

恨みの念が固まって妖怪になるときと、もとから妖怪のときとがある。女の場合は幽霊出身のことがよくある。

それはいいとして、小豆洗いというのはたいてい説教臭い。最近の若い連中はとやりだされると、鬱陶しくて仕方がないのである。

しかもなかなか強い。小豆というのは神器でもあるから、投げられるとかなり痛い。妖怪にとっての泣き所にも等しかった。

「またたびをくべたのは小豆洗いね」

う。

たまは納得した。小豆洗いは妖怪に詳しい。だから対策を練ることもできたのだろ

「情報集めってなにをするの？」

たまが訊くと、八郎は得意げな顔になった。

「金があるかないかを確かめるんだよ。はずれを引いたらいやだからね」

たしかにいつも家の中に大金があるわけではないだろう。それにしても、妖怪ではなく人間なのに、よく情報がうまく手に入るものだ。

「役割はわかったけど、そちらを裏切って平気なの？」

仲間を裏切ることに関しては盗賊は厳しいと聞く。大丈夫なのだろうか。

「心配してくれるのかい？」

八郎が驚いたような顔になった。

「だって寝覚めが悪いじゃない。人間は妖怪と違って簡単に人を殺すから」

人間は妖怪を怖がるが、人間のほうがよほど凶悪である。妖怪が人を殺すなんて百年に一度くらいなものだ。それに比べると人間は毎日どこかしらで殺し合っている。盗みだって妖怪同士では全然ない。人間と関わるから心が汚れてしまうのだ。

「それで、働いた妖怪はいくらもらえるの？」

　不意に双葉が口を出した。

「一回二分かな」

　八郎が言う。

「あなたは？」

「百両」

「ひどい」

　双葉が声に怒りをにじませた。たしかにひどい。千両盗んで二分はひどすぎる。人間にいいように使われているとしか思えない。

「それで妖怪たちは文句言わないのかい」

「言っても、じゃあ手伝わなくていい、で押し切られちまうんですよ。手伝えば二ヵ月に二分は入りますからね」

「つまり二ヵ月に一度盗んでるの？」

　たまが思わず突っ込んだ。

「そうです」

「それは大事件ね。でも噂にもなってないんじゃないの？」

「寺と大名屋敷だからね。町奉行には手が出せないのさ」

「じゃあ捕まらないの？」

「出てきて町にいるときなら平気さ。仕事中は捕まらない」

「町奉行所はなにをしているの？」

「届けも出ないし、管轄外の見廻りはしないよ」

八郎がしたり顔で言った。

「じゃあやりたい放題だね」

たまがため息をついた。

「こんなときに事件なんていやだな」

双葉が言った。かなり怒りがあるようだ。

「なにかあったの？　双葉？」

思わず訊いた。

「仕事減ったの。近所に腕のいい人が現れて、取られた」

双葉が目をふせる。

「それはおかしいわね。双葉って腕はいいじゃない」

双葉は普段お針子をやっているが、腕はかなりいい。値段もそれなりに安いから仕事は多く持っていた。

その双葉を脅かすことは難しい気がした。

「ああ。すまない。それは多分俺らの仕業だ」

八郎が頭を下げた。

「どういうこと？」

双葉の顔色が変わる。

まずい、とたまは思った。八郎は気が付いていないが、真面目に命の危機だ。双葉は自分の金が減ることを極端に嫌う。

妖怪はある一部分で人間よりもこだわりが強いことが多い。双葉の場合は金である。金が減るのがとにかくいやなのである。

かといってケチなわけではない。使うときは使うし、人に奢ったりもする。正当な報酬が受け取れないことが駄目という感じだ。

だから今回の八郎の発言はなかなか危ない。

「誰かがわたしの仕事の邪魔してるということ？」

双葉の気配が変わったのを、さすがに感じたらしい。八郎が怯えた顔になった。

「なにかまずいこと言ったかな？」

八郎が少し後ろに下がる。

「あんた、殺されるよ」

お雪がくすりと笑う。

「説明して」

双葉が真顔で言った。たまが思わず八郎と双葉の間に割って入った。

「怖いよ、双葉。落ち着こう。怖くてしゃべれないって」

それから八郎のほうを見た。

「説明して」

なかなか雰囲気が怖い。

「俺たちのやり方なんだけどさ。人間に混ざってうまく稼いでる妖怪の仕事をなくして、仲間に入れようと思ってたんだ。だからその人を見張ってたんだよ」

たまではなくて双葉を見張っていたのなら、たまにはわかりにくい。

「なにを見張っていたの」

「仕事が減ってどのくらいしょげてるか、とか、苦しんでるか、だね。それを見て誘うから」

「つまり、わたしが苦しむのを楽しんでいたのね」

双葉がすっと立ち上がった。それから台所に向かう。置いてあった菜切り包丁を右手でしっかりと摑んだ。

「あーあ」

お雪がため息をついた。

「畳を汚すんじゃないよ」

いやそうに言う。

「外で殺す」

「ならいい」

「いや。よくないだろう」

八郎があわてて言った。

「助けてくれよ」

「どうすれば助かると思う？」

たまが八郎を見る。

八郎が唸った。

「もういいよ。なんでもするから助けてくれ」

「その人は人間なの？　わたしの仕事を奪った人」

「人間だ」

「そんなに仕事が上手なの？　どうやってつれてきたの？」

「金だよ。盗んだ金を使っていいお針子を連れてきた。日本橋の呉服屋で働いてる腕のいい職人に仕事をさせたんだ。もちろんここより安くしてな」

開きなおったのか、八郎は落ち着いた声になる。

「悪かった。手を引かせるよ。それでいいだろう」

「よくない」

双葉が怒りの収まらない声を出した。

「その人より腕が劣るという評判をどうしてくれるのよ」

八郎を助けよう。とたまは決めた。本当に殺されてしまうかもしれない。人間が死ぬこと自体はかまわないが、自分たちが絡んでいる事件の関係者が死ぬのはよくない。

「あとで名誉の回復を考えよう。絶対いい方法があるよ」

「本当に？」

双葉は疑わしそうな目で見た。

「それはちゃんとやる」

八郎が首を縦に振った。

「それで、どうやって評判をあげるの」

たまは改めて八郎を問い詰めることにしたのだった。


深夜かなり遅くなって平次が帰ってきた。

「ただいま」

まったく酒の匂いがしない。これはかなり珍しいことだ。平次は金はなくともなんとか工面して飲んでくる。

それがまるでないということは、深刻な話をしてきたに違いない。

体から疲れた匂いもした。

「おかえり。大丈夫？」

思わず心配になる。

「お酒ならあるよ。飲む？」

「お、ありがたいな」

平次がほっとしたような笑顔を向けてきた。たまの顔を見てほっとするということは、いままではなにかいやなことを話していたということだ。

「お酌するね。つまみも用意するよ」

平次を座らせると、氷を出した。氷は超貴重品だがこの長屋に関してはふんだんにある。お雪に水を凍らせてもらって保管しているからだ。

氷に焼酎を注いで、みりんも注ぐ。疲れている体にはこれがいい。

茄子を準備する。茄子を一度茹でてから、ごま油と、醬油。そして細かく切った唐辛子に浸す。そうしてから氷で冷やしておいたものだ。

たまには辛くて食べられないが、平次はこれが好きだった。

それから豆腐を切って、たっぷりの葱と鰹節、すりおろした生姜をかけて、醬油をたらす。これもたまには無理。

つまみと焼酎を出すと、平次が嬉しそうに焼酎を飲んだ。

「氷で冷やした焼酎は美味いなあ。つまみも美味い。たまは料理が上手だ」

「臆面もなくそんなことを言えるってことは、よほどろくでもないことがあったんだね」

「そうだ」

平次はため息をついた。

「今回の事件、思ったよりもやばい」

「どうしたの?」

「老中の息のかかった金が盗まれた。老中の面子にかかわるだろ。解決できないではすまないということになった」

「解決するといいことがあるの？」

「しなければ悪いことがあると言うべきだな」

平次はまたため息をつく。

「妖怪狩りということにもなりかねない」

なるほど。なにもかも妖怪が悪いことにしてしまおうという肚なのだろう。いかにも人間らしい。妖怪と違って責任転嫁が大好きだ。

しかし、せっかく手に入れた長屋を手放すのももったいない。ここはどうあっても事件を解決するしかないだろう。

「大丈夫。きっと解決するから。もうきっかけは摑んであるよ」

たまは八郎のことを話した。平次の役に立った感じがして気分がいい。平次は一瞬顔をほころばせたが、また渋い顔に戻った。

「ありがとう」

「全然嬉しそうな顔じゃないね」

「それだと盗られた金は戻ってこないだろう。犯人より金なんだ」

「そういや何に使うんだろうね」

八郎に百両払ったとして、妖怪たちには全部で一両もない。一度に千両盗むなら九百両近い金が残っているはずだ。

二ヵ月に一度盗むとしたら、毎月四百両以上使っているということになる。いくらなんでもそんなに派手に使っている人間がいたら噂になるに違いない。

案外どこかに貯めているのではないだろうか。

使わなければなかなか足もつかない。二年くらい盗みに集中して、そのあと十年ほど放置してから使えばいい。

「貯金してる気がするよ」

「そうかな？」

「だって派手すぎるもの。使うといっても、たとえば吉原で散財すればすぐ噂になるじゃない。深川だってそう。賭場だって、百両もすったらすぐにわかっちゃうよ」

それに、妖怪に金を預けるとも考えられる。妖怪なら安心だ。人間と違って横取りをするような者はいない。妖怪は約束を破るのがすごく嫌いなのだ。

だから人間に騙されることはあっても騙すことはあまりない。

「人間と違って約束を破らないから。よく妖怪にとり殺されるっていうけど、たいていは人間が約束を破ってるの」

「人間の血を抜く『がま』だっているっていうじゃないか」

「あれは人間のせいで死ぬのよ。がまは可哀そうな女なんだよ。いつも人間の男に騙されてさ」

がま、というのは飯田橋(いいだばし)のあたりに住んでいる妖怪である。人間の男を好きになって契りを結ぶのだが、いつもすぐ捨てられてしまう。

がまと契った人間はだんだん妖怪になっていくのだが、相手が妖怪になる前に別れると人間は死んでしまう。最後まで愛を貫けば長らくいい夫婦になるのに、たいてい途中で人間のほうが裏切るのだ。

人間にどう見えるかはともかく、妖怪からすると人間の裏切りだ。

「とにかくさ。お奉行様に連絡しておいて。次に四谷に雨が降るときに盗賊を捕まえますってね」

「しかし、そんなことが本当にわかるのか」

「うん。大丈夫だよ」

たまは自信を持って頷いた。

しかし問題は妖怪たちの説得だ。他の連中はともかく、小豆洗いはやっかいである。しっかり考えなければ。

「じゃあ寝ようか」

そう言うと、たまは布団に目をやった。

「先に寝ていいよ」

平次が焼酎を飲みながら言う。

「せっかくの夫婦なんだから一緒に寝よう」

「いいから先に寝ろ」

言いながら平次が布団に目をやった。つられてたまも布団のほうを見る。

「にゃ」

思わず声が出た。どこから持ってきたのか、布団の上に大きな木箱が置いてある。

そして箱の中に薄い布団が敷いてあった。

潜り込めと言わんばかりの大きさの箱だ。

「先に寝ろ」

平次がもう一度言った。

猫又にとっては箱はまずい。ちょうどいい大きさだと中に入って寝ないわけにはいかないのだ。

「平次。ひどい」

言いながら、たまはするりと箱の中に入る。心地よい圧迫感があって、そのまま眠ってしまうほど気持ちがいい。

平次になにか文句を言おうと思っていた意識が途絶えて。

起きると朝だった。

平次はとなりの布団で寝息をたてている。

やられた、と思う。添い寝を避けられてしまった。寝顔に顔を近づけて頰を舐める。たまのことは好きだという味がした。

つまり、感情以外のなにかがあるということだ。もしかしたら事件が解決するまでは、なんらかの縛りがあるのかもしれない。

本当の夫婦になるための道のりに、この事件が横たわっている気がした。

その日は、夕方までごろごろしていた。小豆洗いが現れるのは夕方だからだ。川のほとりでざくざくと小豆を洗う。

狸穴のあたりに出るはずだった。

今回は失敗しないように先にちょろ河岸でなにか食べてから行こうと思っていた。

お雪と双葉も一緒である。

またたびしか用意していないなら、他のふたりには効果がない。

平次はやはり置いてきた。人間にはなにかと危険だろう。

柳橋から猪牙舟（ちょきぶね）で赤羽橋に向かう。ちょろ河岸は赤羽橋のそばだ。

そこでは昼になると朝仕入れた魚を使った飲み屋が並び夕方までやっている。夜早い時間にはもう閉まってしまうから、「ちょろ飲み屋」という感じである。

ここはなかなかいい。安くて質も適当である。たまにはそれがいい。人間にとっての上等が猫又にとっても上等とは限らないのだ。

ちょろ河岸につくと、煮込み屋を探す。煮込み屋というのはその名の通りさまざまなものを煮込んだ料理屋である。

何が美味しいといって、ごった煮屋の煮物ほど美味しいものはそうそうない。きちんとした魚は河岸で売れてしまって、売れ残ったものを煮る。

たとえば鰻でも、大きな鰻は売れてしまうから、とれたものの売りようがない中小の鰻を煮るのである。結果として小鰻や泥鰌（どじょう）、鯊（はぜ）や白魚（しらうお）などがごちゃごちゃと煮込まれている。

魚と一緒に茄子や大根なども煮られている。献立は「煮込み」だけで他のものはない。あとは酒である。

たまからすると煮込みがあれば充分だ。

「煮込み三つ。葱抜きで」

頼むと、店主が煮込みとお茶を出してくれた。お雪がお茶をふっと吹いて冷ましてくれる。

今日の煮込みは抜群だった。鰻と泥鰌がたくさん入っている。鰻と泥鰌を一緒に煮込むと、なんとも言えない良い味になる。

おまけに茄子もふんだんだった。鰻などと煮た茄子はとてつもなく美味しい。鰻と泥鰌の旨(うま)みを吸い取って、食感のある旨みそのものという様相を呈している。

食べ終わるまで無言になってしまった。

食事を終え、歩いて狸穴に向かう。今日はまたたびの匂いはしなかった。相手に話し合うつもりがあるのか、この間が偶然だったのかである。

赤羽橋から狸穴橋まではすぐである。歩いていると、だんだんむじなの匂いがしてきた。今度は当たりのようだ。

狸穴町に入ると、かなり濃く妖怪の匂いがした。奥のしげみに、人間が通れるくらいの穴が開いている。

「誰かいるの？」

声をかける。

一人の老婆が現れた。小豆洗いである。ごくごく品のいい顔立ちをしている。小豆洗いは幽霊から変化することが多い。だから生前の風貌が残る。

「どうして盗賊に手を貸したりしたの？」

たまは思わず問い詰めた。

「復讐(ふくしゅう)したいからさ」

小豆洗いが答えた。

「誰に？」

「悪党さ」

この答えはおかしい。妖怪というのは「悪党」などといったふわっとしたものは恨まない。恨むとしたらあくまで個人だ。

「『悪党』なんて奴はそもそもいないでしょ。誰なの、悪党って」

たまがもう一度問い詰める。

「いきなり人のところにやってきて、名も名乗らずに質問だけするような奴に答える義理はないね」

小豆洗いは辛辣（しんらつ）な口調で言った。

「ごめんなさい。猫又のたまです。話をお伺いしたくてやってきました」

「猫がなんの用事だい」

「ですからどうして盗賊と手を組むのですか。悪い奴と手を組んでもいいことはないと思うんです」

「説明の必要はないね」

小豆洗いはすっかりへそを曲げてしまっているようだった。ここはやはり謝るのがいいに違いない。

「ごめんなさい」

たまは謝った。

「謝る必要はないよ。たま」

横からお雪が口を出す。

「言いたくないことがあるからへそを曲げたふりをしているだけさ」

「言うじゃないか。雪女」

小豆洗いがお雪を睨（にら）んだ。

「ご大層なこと言ってるけど、しょせんはした金で雇われたこそ泥じゃないか」

お雪に言われて小豆洗いの顔がゆがんだ。どうやら痛いところを突かれたらしい。

「とりあえず羊羹食べない？」

たまが羊羹を取り出すと、小豆洗いの顔色が変わった。「小豆洗いに羊羹」は猫にまたたびのようなものである。

小豆が最終的にどういう形になるのか、小豆洗いには気になるのだ。小豆洗いは小豆の妖怪ではない。小豆を洗っていた人間の幽霊からなる。だから小豆の行く先が気になって、うまく料理されていると嬉しいのだ。

「そういうことなら来るといいよ」

小豆洗いが先に立って歩き出す。妖怪は欲望に弱い。我慢をするという心の動きがあまりないといってもいい。

狸穴の中に部屋がひとつ設えてあった。部屋といっても茣蓙と布団があるだけの簡素なものである。

そこにむじながひとりいた。そして人間の女の子がいる。六歳か七歳といったところだ。

「人間？」

たまが聞くと、小豆洗いが頷いた。

「むじなが拾ってきたんだよ」

「大丈夫なの？　親は？」

「死んだ」

小豆洗いが言う。

「とりあえず羊羹食べよう」

肩の力を抜いてたまが言った。妖怪同士が争うようなことではない。多分人間が悪いのである。そして目の前の子供は人間の犠牲者なのだろう。

「羊羹切ってくるよ」

そう言うと、小豆洗いは奥に消えた。

「名前はなんていうの？　わたしはたまっていうんだ」

たまが名乗ると、子供は不思議そうな表情でたまを見た。

「お姉ちゃんも妖怪なの？」

「そうだよ」

たまは笑顔になった。

妖怪はほぼ例外なく子供が好きだ。大人と違って汚れていないし、妖怪に対してのおかしな思い込みもない。

「みつ」

「いい名前だね」

たまは頭を撫でた。

そうか。親が死んだのか、と思う。どんな理由かは知らないが、多分小豆洗いにとっては許せないことがあったのだろう。

だが、それと盗賊とは別問題だ。小豆洗いの気持ちを利用した人間を許すことはできない。ただですます気はなかった。

「さあさあ、切ってきたよ」

小豆洗いが羊羹を持ってきた。みつが嬉しそうに見る。

「お食べ」

みつに渡す。みつは嬉しそうに食べ始めた。

「この子のための復讐なの？」

「そうさ。でもわたしたちだけじゃどうしようもないからね。人間の手を借りたんだよ。そしたら復讐の前に奴らを手伝えと言われたのさ」

どうやら、目的を達成する前に盗賊の手伝いをさせられていたらしい。人間はまったくあこぎでしかたがない。

妖怪は心が弱い。簡単に人間に利用されてしまう。

「盗んだ金は？」

「奥で預かってる」

「渡して」

「駄目だ。約束したからね。破れない」

「なんて約束したの？」

「金を自分では、使わない」

「それだけ？」

「そうだよ」

ここまで金を探しに来る人間はいない。なんといっても人間の目には見えないか、見えても獣（けもの）の巣穴である。近寄ることもないだろう。

だから何十年たったとしても金はそこにある。妖怪たちが使うこともない。

「あなたたちは使わないけど、わたしたちが持ち出した、でいいんじゃないかしら」

双葉が言った。

「使わない、であって、使わせない、ではないのよね？」

「そうだ。使わない、だ」

「じゃあ持って行ってもいいわよね」

小豆洗いは少し考え込んだ。それから頷く。

「それは約束の中にない」

妖怪と約束するときに、いくつかの注意がある。妖怪は真面目なのだ。もし「金を守れ」と言われたら、頼んだ本人でも金を手に入れることはできない。

複雑な約束は苦手だから、今回は「使うな」ということにしたのだろう。

「じゃあ持ち出すね。案内して」

「案内はできない。勝手に行くといい」

協力はできないというところだろう。

「わたしが行くわ」

双葉がそう言うと奥に行く。

たまはその間にもう少し話を聞くことにした。

「いったいなにがあったの」

小豆洗いに訊いた。

「この娘が泣いていた。両親が悪い奴らに騙されて死んだと言っていた。このままだと娘も死んでしまうから連れてきた」

「それで。誰にやられたの」

「田宮という旗本だ。裕福だったこの娘の家に難癖をつけて奪い取ったようだ。われわれは文句を言いに行ったが、妖怪の言うことなど歯牙にもかけない」

「妖怪として行ったの？」

「もちろんだ。一反木綿も連れていった」

一反木綿はどこからどう見ても妖怪だ。それでも動じないとなると、つまるところ殺してしまうしか手がない。

しかし、妖怪は簡単に人間を殺すことはできない。脅かしてもいいが殺しては駄目だ。自分が騙されるとか、襲われるということがあるならいいが、人間に手を貸して人間を殺すのはいけないことなのだ。

だから相手に堂々と振る舞われるとどうしていいかわからない。

「困っていると、木鼠小僧という男が声をかけてきた。困ってるなら協力すると言ってくれたのだ。だから我々も木鼠小僧に力を貸す」

なんだかものすごく利用されている匂いがする。しかしいずれにしても、みつの恨みを晴らすのにはたまたちも協力できそうだった。

奥から双葉が千両箱を四つ抱えて出てきた。

「大漁ですね」

嬉しそうな顔をしている。ふた口女は見た目と違って力が強い。男数人を抱え上げることも難しくはない。

だから千両箱四つくらいは平気なのだろう。

「このまま持っていくと目立つね」

お雪がため息をついた。

「どうしよう」

「こいつは奉行所に言うしかないだろう。今日明日相手が取りにくるものじゃないだろうからね」

お雪が双葉に、奥に戻せ、と合図した。

「それにそのほうがたまの男の面子が立つだろう」

それもそうだ。平次に手柄は立てさせたい。

「ありがとう。お雪」

「一応借りはあるからね」

たまはみつのほうを見た。こぎれいな単衣(ひとえ)を着ている。盗賊から受け取った金で買ってやったのだろう。布団もみつのためのものに違いない。

妖怪は路上でごろ寝をしても風邪などは引かない。しかし人間には狸穴は少々厳しいに違いなかった。

「この子はどうするの？　奉行所に預けるの？」

「そうだな。いつまでもここにはいられないだろう」

小豆洗いが頷いた。

「いやだよ。一緒にいたいよ」

みつがびっくりしたような声を出して小豆洗いにしがみついた。

「ひとりはいやだよ」

小豆洗いが困った表情になる。

「でもわたしたちは妖怪だから、ずっと一緒にはいられない」

「じゃあわたしも妖怪になる」

みつは小豆洗いから離れようとしなかった。

「その問題はそっちでやってね」

そう言うと、たまたちはさっさと逃げ出した。

「あれはなかなか大変だね」

狸穴町から出ると、お雪はため息をついた。

「おみつちゃんのこと？」

「ああ。あれを振りほどくのは妖怪には無理だ。人間のような冷たさは持ってないからね」

なんとかなるように相良に頼んでみるしかないだろう。

長屋に戻ると、平次が寝ていた。文字通り眠っていたのである。

「どうしたの？　平次」

声をかけても返事はない。単純に眠っているだけのようだ。病気の匂いもしない。

そのまま同じ布団に入る。

平次と同じ布団は好きだ。暖かいし、ほっとする。

「たまか？」

平次が寝ぼけた声を出した。

「こんな時間にどうしたの？」

「かなり夜動くことになりそうだから寝ていたんだ」

それから平次はたまの目を見た。

「そちらの首尾はどうだ？」

「お金はあったよ。千両箱四つ。引き取りに行くなら渡す」

たまの言葉に、平次の目が輝いた。

「お。よかったな」

「三つってことにしてね、こばばする？」

一応聞いてみる。

「なんでだ？」

平次が不思議そうに言った。

「バレないでお金が手に入るよ」

平次が首を横に振った。

「俺は岡っ引きだからな。そんなことはできない」

「そうだね」

平次に迷いはない。お金に対する欲望は全くないと言ってもいい。「金がないな」と呟くときはあるが、それは単純に「ない」ということで「欲しい」という意味ではないのだ。

そのせいか人間的にはまったくうだつが上がらない。

しかしたまとしてはそこがいい。人間には欲望の匂いというのがつきまとっていて、たまにとってはけっこういやな匂いだ。

平次からは悪い欲望の匂いはしない。枯草のような香りがする。

「受け渡しはどうするの。千両箱四つは重いよ」

「それは奉行所にまかせよう。明日にでも行く」

「ところで、夜でかけるっていうのはなに？」

「夜回りしろってさ。妖怪対策で」

そう言えば、小豆洗いたちはもう化けて出ないとは言っていなかった。だとすると今日もたしかに出るかもしれない。

「じゃあ一緒に行く」

「うん。そう思ってたさ。たまがいないと気配もわからないからな」

「そうだね」

「よし。もう少し寝る」

平次はそう言って目をつぶった。

たまも寝ようと決める。寝るのは簡単だ。目をつぶるだけでいい。

目を開けると平次はもう起きていた。台所で料理をしている。

いや、料理と言っていいのか迷うような匂いがする。

胡麻(ごま)と梅干し、鰹節、納豆。そして味噌(みそ)の匂いだ。たまも立ち上がる。

「美味しそう。梅干しはいらないけど」

「わかってるよ」

平次の食事は、それらの食材を飯の上に載せてお湯をかけたものだ。

たまの分は梅干しを抜いてある。お湯はぬるいのをかけて食べる。

胡麻と鰹節と納豆の全部から出汁が出て、じつに美味しい。するすると食べる。

「少しつきあってくれ。俺の雇い主に会わせたい」

「お奉行様ではないの？」

「それは一番上。すぐ上の雇い主さ」

「なんて紹介するの？　手伝いの妖怪？」

常識からすると、そのくらいだろう。平次がたまをどう思っているにしても、妖怪を嫁とは紹介できないに違いない。

そこは、たまもわきまえている。

「嫁だ。決まってるだろ」

しかし平次が普通に言った。

「ありがとう」

たまは頭を下げた。

「礼を言うことじゃないだろう」

平次はそう言うと照れたような顔をした。

「書類は整ってるんだしな」

半刻後。部屋の中にひとりの男が入ってきた。渋い顔というか、禁欲的な顔をしている。部屋に入って畳に腰をおろし、軽く両手をついた。

「お世話になる」

「頭を上げてください」

たまはあわてて言った。平次の雇い主なら同心だろう。同心はただでさえ頭を下げない。妖怪にそれをするなんて考えられないことだった。

「隠密廻り方同心の相良光良(さがらみつよし)でござる」

隠密廻り方同心というのは、定廻りと違って縄張りがない。どこで起こった事件にでも顔を出す。

それだけに定廻りとは少々仕事につく過程も違う。ほぼ世襲(せしゅう)の定廻りと違って隠密回りは世襲ではない。

定廻りが引退してから隠密廻りになる引退型と、若いときから才覚を認められてなる若年型に分かれる。

相良は見たところ三十歳くらい。特別な才覚があるのだろう。座っていても隙を感じさせないから腕は立つに違いない。

「わたしたちのことを知っているの？」

「妖怪でしょう」

そう言った言葉にも揺れる様子はない。妖怪というだけで怯えたり嫌ったりする人間とは全然違う。

よく腰を抜かされている身としては、拍子抜けするほどだ。

「怖くないの？」

「町奉行支配にあるなら、みな一緒ですよ」

「じゃあ。平次の嫁というのも平気？」

「書類が整っていると聞いていますから」

なんだか変な人だ、とたまは思った。相良が言っているのはあくまで書類についてだ。相良自身の感情の話はまるでない。

感情をどこかに捨ててきているのだろうか。

妖怪のたまにも読み取れないというのは、なかなかのものだ。

「それで、わたしたちはなにをすればいいの。鼠小僧を捕まえたいのよ」

「それがわかっていれば話は早いです」

相良はさわやかに笑った。

「鼠小僧次郎吉という男なのですが、なかなか尻尾を摑ませないのです」

「でも名前がわかっていて、やり口もわかっているのに駄目なんですか」

「妖怪が絡んでいますからね。一反木綿が千両箱を摑んで飛んでいきました、などとは書類に書けないでしょう。だから見てはいても証拠がないのです」

たしかに、妖怪の犯行ではどうにもならないだろう。

「妖怪の力を借りて捕まえるしかないのです」

「わかりました。大丈夫だと思いますよ」

妖怪たちはおそらく、鼠小僧と約束した通りに手伝うだろう。しかし、口外してはならないという約束まではしていないはずだ。

妖怪は複数の約束は覚えられないからだ。

「でも、人間は人間の手で捕まえてください。追い出すのはやりますから」

「かたじけない」

相良が頭を下げる。

「それと千両箱四つは取り返すようにしてありますから、お渡しします」

そう言うと、相良からほっとしたような匂いがした。

「ほんとうにありがたい」

初めて相良の感情がわかる反応だ。責任を果たすことができる、という安堵感だろう。この感じはなかなか心地よい。

さすが平次を使おうというだけのことはある。

「明日にでもご案内します」

「では明日の朝もう一度来ます」

そこで相良は懐から五両を出した。

「とりあえずの賃金です」

「こんなに？」

たまは思わず相良を見た。妖怪の感覚からいくと五年は生活できる金額だ。

「家賃もいるでしょうから」

「ありがとうございます」

たまは頭を下げる。

「礼を言うのはこちらですよ」

そう言って相良は立ち上がった。

「では明日」

平次も立ち上がる。

「俺はちょっと送ってくる」

「夜回りは？」

たまが声をかけた。

「今日はいいよ」

二人で出ていく。

しばらくは帰らないだろう。いまのうちにこの五両をわけてしまおう。そう思って

まずは双葉のところに行く。

「双葉。お金もらったよ。わけよう」

部屋にあがり込むと、双葉は針仕事をしていた。行灯を近くに置いてつくろいもの

をしている。

行灯に縫い針やまち針が何本も刺さっている。ふた口女は人間よりも夜目はきく

が、床に針が落ちると探すのが面倒だ。

だから行灯を囲む障子紙（しょうじがみ）に針を刺すのである。

「お金ってなに？」

「千両箱見つけたお礼だって。五両あるから双葉が二両取りなよ。重かったでしょ」

「たまが受け取ったんだからたまが二両でいいでしょ」

双葉は興味なさそうに言った。お金が好きなわりに、こういうときは余計に受け取るのをいやがる。

多分お雪も同じようなことを言うだろう。

「四人で一両ずつわけて、余った一両でなにか美味しいもの食べようか」

そう言うと、双葉は笑顔になった。

「それなら賛成」

それから少し悲しげな顔になる。

「わたし、腕が悪いのかなあ」

「そんなことないって」

たまは本気で言った。

「そもそも、双葉はその人の仕上げたものを見たの？」

「見てない」

「じゃあ評判しかわからないじゃない」

「そうだけど。負けてるから、評判で」

「相手は有名な店のお針子なのよね。でも、腕で負けてるかはわからないじゃない。

わたしは双葉のつくろいもの好きだよ。丁寧で」

なぐさめながら、鼠小僧のやり口に本気で腹が立つ。双葉は自分の腕に自信があっただけに、今回の心の傷は長く残るかもしれない。

妖怪は体の傷はすぐ治るが、心の傷は人間よりも長く引っ張る。

「お雪のところに行くね」

そう言うと双葉の部屋を出た。

「こんばんは」

お雪は明かりをつけずに布団の上にころがっている。

「明かりはいいの？」

「行灯なんかつけたら暑いじゃないか」

たしかに雪女からすれば行灯の明かりでも暑いのだろう。しかし、お雪にはしばらく我慢してもらうしかない。

たまにとっては夏のお雪は大切な相棒なのである。布団の上のお雪に飛びつくと、ひんやりした体が気持ちいい。

「暑いよ。よしてくれないか」

お雪があわてて逃げようとする。

「冷たくて気持ちいい」

そう言ってしがみつく。

「あまり長い間はやめておくれよ」

言いながらもお雪は拒絶しない。

蒸し暑いときは雪女にかぎる。畳などと違って温まる心配がない。いつまでもひんやりしているのだ。

雪女は仲間になると甘い。たいていのことは文句を言いながらも許してくれる。だからつい甘えてしまうのだ。

「ねえ。たま」

「なに？」

「今回殺しちゃおうよ」

お雪が囁(ささや)いた。気持ちはわかる。双葉を傷つけた罪は重い。

「捕まえないと駄目なんだってさ」

「じゃあその前に心から震えてもらおうか」

「それはいいんじゃないかな」

凍死寸前で引き渡すのも悪くないだろう。

「じゃあそれでいこう」

お雪は大きく頷いたのだった。


そして翌日。

たまたちは平次を混ぜて会議を開いた。今回は菊一郎も入っている。菊一郎は大工だから、昼間は仕事でいない。そのうえたいてい飲んで帰ってくるので話にならないのだ。

今回は酒を飲まずに帰ってきてもらった。

たまと平次、お雪、双葉、菊一郎である。

「盗みは七日後。狙われるのは四谷の旗本、田宮新左衛門(たみやしんざえもん)の家だよ。家といっても本宅じゃあない。妾宅(しょうたく)よ。そこに金をため込んでいるらしいの」

たまが説明する。

小豆洗いが守っているみつは、この家のもともとの持ち主の娘らしい。家を騙し取られたうえに両親は死んでしまった、というわけだ。

妖怪たちは、この家に盗みに入るということと引き換えにいままで盗賊を手伝ってきたらしい。鼠小僧にとってもいったん区切りのつく盗みということだ。

これを逃すと捕まえる機会は当分こないだろう。

「奉行所としては、捕まえて差し出してくれってことだ」

平次が言った。

つまり、そのための人は出さないということだ。

「それと差し出すのが死体では困るということだな」

「殺さなければいいってこと？」

双葉が笑顔になった。

「やりすぎなければな」

「殺さないのは約束する。それよりもさ。小豆洗いが守ってる女の子のことをなんとかしてくれないか」

お雪が心配そうに言った。

「それは大丈夫だ。きちんと手配する」

「どうやって手配するんだい」

「簡単だよ。狸穴町にある長屋の敷地で、小豆洗いに行き倒れをしてもらう」

「行き倒れ？」

「そうだ」

平次は大きく頷いた。

「長屋の中で行き倒れが出ると、大家がその後の面倒を見ないといけないんだよ。だから行き倒れた奴の勝ちなんだ」

人間の世界はなんだかややこしい。妖怪なら助けを求めればすむことなのに。しかし小豆洗いが拾った娘がなんとかなるなら、それにこしたことはない。

「じゃあ安心して復讐できるね。というか復讐ってどうしたらいいの」

たまは平次に訊いた。

「俺に言うなよ。俺の復讐じゃないんだし」

「なにをすると復讐になるのかしら」

みなに聞いたが、答えはない。よく考えたら、どうすればいいのかわからなかった。

「平次。教えて」

たまが言うと、平次はため息をついた。

「少しは考えろよ。お前ら」

それから少し頭を働かせている様子を見せる。どうやら考えてくれているらしい。

「復讐は簡単かもしれないな」

「どうやるの？」

「とにかく狙い通り金をごっそり盗めばいいのさ。ただし、派手にな」

「派手に？」

「そうさ。派手にやれば復讐になる。だから、しっかり騒げよ」

よくわからないが、平次が言うならそうなのだろう。

「それで。どんな奴なんだい、その田宮って奴は」

「それはこれから調べるから。まだ七日あるならばっちり聞き込めるさ」

「じゃあこちらは妖怪と話し合うね」

そう言うとたまは一息ついた。同時に双葉の問題を解決しようと思う。とにかく相手の腕をたしかめるしかない。

まずは八郎に会ってみようと思う。

「わたしは八郎のところに行く。双葉は？」

「行かない」

双葉が首を横に振った。

「なんで？」

「怖いもの」

「わかった。とにかく現物を持ってくるね」

そうしてでかけることにした。

長屋を出ると、あたりはもう暗かった。といってもそれは人間の世界のことだ。猫又のたまにとっては人間の昼間とそう変わらない。

太陽が出ていないと匂いがくっきりするから、たまにとってはかえってあたりが把握しやすい。

八郎が住んでいるのは竜閑橋（りゅうかん）のあたり。白旗稲荷（しらはた）の近くにある長屋である。怪しげな連中の住んでいる長屋で、通称幽霊長屋だ。本物の幽霊に申し訳ないくらい身元のわからない人々が住んでいた。

白旗稲荷を通り過ぎて竜閑橋を渡ると八郎の匂いがした。八郎はいつもなにかしら悪だくみの匂いをさせていてわかりやすい。

その近くにもうひとつ、悪い匂いがした。

もしかしたらそれが鼠小僧なのかもしれない。

八郎にはわからないように後ろから近寄る。人間は鈍いから、かなり近くまで寄っても気付かれる心配はない。

さりげなく近くを歩くと二人の会話が聞こえた。

「あのお針子はそろそろやめましょうよ。妖怪に気付かれちまう」

「ずいぶんと弱気だな。もうバレたんじゃねえだろうな」

八郎と話している男の声はやや甲高い。背は小柄だが体には無駄な肉がなくて締まっているようだった。

足半(あしなか)という草履(ぞうり)を履(は)いている。足半は文字通り通常の半分の長さの草履だ。かかとを地面につけないで歩く人間が履くものである。

素早く動くための履物だ。そう考えるとなかなか怪しい。

声の様子からいくとけっこう神経質らしい。汗の匂いの様子からは人間を信じていない感じがする。

あまり幸せな人生ではないのだろう。

「でもね、妖怪の仕事を奪うなんてのはどうですかね。こう言っちゃなんだが、殺されちまう気がするんですよ」

八郎が言うと男は鼻で笑った。

「お前はなにもわかっちゃいねえな。妖怪は人を殺したりはしない。泣き寝入りしてくれるもんだよ」

「そんなことがあるのかねえ」

八郎は疑わしげだ。

話している男はあきらかに人間だ。それにしても妖怪の弱みをよく知っている。たしかに人間にいやなことをされてもたいていは泣き寝入りだ。

妖怪が人間を殺す一線を越えないかぎりは。

「そうかもしれないけど、なんか後味悪いんですよ。これ以上妖怪を仲間にしなくても充分じゃないですか」

八郎に言われて、男はいまいましそうに舌打ちした。

「仕方ねえな。お前がそこまで言うならやめてもいいが、雇った職人にはお前が説明しろよ」

男の体からかすかに殺気が匂った。

どうやら八郎の言うことに従ったのではなくて、殺すつもりになったらしい。しかし八郎はまるで気がついていないようだ。

相手を疑わないというよりも、価値のある自分を殺すわけがないという自惚(うぬぼ)れを感じる。

男と別れたのをたしかめると、八郎の後ろに立った。

「殺されるよ」

首筋に息を吹きかけるようにして囁く。

「うわっ」

八郎は飛び上がった。そのまま地面に転がってしまう。

「驚きすぎじゃない？　化け物にでも遭ったみたいよ」

「腰が抜けた」

八郎は本当に立てないようだった。

「抱え上げてあげる義理はないんだけど」

冷たく言うと、八郎は地面に座ったまま、腰に下げた竹筒から水を飲んだ。

「すぐ落ち着く。本当に驚いた」

「案外気弱なのね」

たまは思わず笑ってしまった。

「いきなり殺される、なんて言われたら驚くよ」

八郎はすぐに落ち着いたらしく立ち上がった。切り替えは早いようだ。

「ところで誰に殺されるんだい？」

「さっきの男。あなたを殺すつもりになってたよ」

たまが言うと、八郎がふふっと自虐的に笑った。

「そうかい。殺す気かどうかってのはどうやってわかるんだい？」

「匂い」

「便利だな。そいつは」

それから八郎は歩き出した。

「品物が見たいんだろう。ついてきな」

八郎はやや不機嫌そうに歩いていた。しかし怒っているわけでもない。少しは怒りも感じるが、どちらかというと純粋な不機嫌さを感じた。

「変わってるね。怒ってないの？」

興味を持ってたまは訊ねた。

「怒りはしない。裏切りはよくあることさ。ただな。俺は裏切りには敏感なんだ。先に妖怪に当てられたってのが気分悪い」

「ごめんね」

思わず謝る。

「なんで謝るんだ？」

「誇りを傷つけては駄目だから」

妖怪の世界では、口喧嘩はしてもいいが誇りをひっかいてはいけない。悪口にもけっこうきちんとした決まり事がある。

人間のような勝手な悪口は許されないのだ。

「なんか妖怪って思ったよりもきちんとしてるんだな」

八郎が感心したように言う。

「人間よりも弱いからね」

「強いだろう？」

「いいえ。ずっと弱い」

妖怪は、生きている理由がなくなると消えてしまう。人間は心がどんなに傷ついても生きていれば死なない。妖怪は体が傷ついても死なないが、心が深く傷ついて絶望すると消えてしまうのだ。

「妖怪は心が傷ついては駄目なのよ」

八郎はたまの言葉にはなにも言わずに家に入った。すぐに男ものの着物を一枚持って戻ってくる。

「これは返さなくていい。俺のだからな。派手に破いたのを直してもらった」

「ありがとう」

腕の良し悪しは本人が見分けるだろう。

「ところで。さっきの男の人は誰？」

「木鼠小僧って奴だよ」

「鼠小僧じゃないの？」

「一味だが本人じゃないな。でも今回の盗みはあいつがだいたいやってる」

「じゃあ、木鼠小僧を捕まえればいいのかしら？」

「そうだな」

八郎は頷いた。

「むじなを騙してるのもそいつなの？」

「そうさ」

「わかった」

それだけ聞けば十分だ。さっきの男の気配も匂いも覚えた。本当はつけていくのがいいのかもしれないが、妖怪に詳しそうだからやめておく。

あとは狸穴でむじなたちに当日なにをするのかを聞いておけばいい。盗みの場所がわかっているから簡単だ。

八郎と別れて長屋に戻ると、まず双葉のところに着物を届けた。

「持ってきた」

双葉は受け取ると、丹念に着物を調べる。双葉にとってはお針子は存在理由そのものだ。もし全然及ばないとなったら、このまま消えてしまうかもしれない。

「よかった」

双葉がほっとした声を出した。

「多分負けてない」

「それならいいね」

たまは双葉の頭を撫でた。

「本当だわ。わたし、消えてしまうかと思った」

どうやら本人も心配だったようだ。

「じゃあ帰るね」

「ありがとう」

双葉のほっとした声に送られて家に戻る。どうやら平次は寝ないで待っているらしい。しかし眠そうな匂いがする。

たまが存在している理由はいまは平次だ。猫又というのは恋を繰り返して生きているところがある。

だから好きな人がいないと弱ってしまう。

その点平次は男としては申し分ない。へたれているから暴力的ではない。欲がないからうだつが上がらなくても気にしない。

なにもせずにだらだら過ごしても全然平気。

これ以上に猫又向きの男はいないと言えた。

「ただいま」

声をかけると、大きく伸びをしてから返事を返してきた。

「おかえり」

「犯人のことがわかったよ」

「ありがとう」

平次が言う。

「平次ってさ、お疲れ、とかご苦労、って言わずにありがとうって言うよね」

「そう思ってるからな」

平次が当たり前のように言う。しかし、素直にありがとうと言える男はそんなに数が多くないのを、たまはよく知っていた。

「平次。一緒に寝よう」

「暑い」

平次が露骨にいやそうな声を出した。本気の匂いがする。たしかに猫又は暑苦しいから、夏はつらいかもしれない。

「仕方ないね」

たまはため息をついた。

「手だけならいいよ」

平次が右手を出してきた。

「ありがとう」

平次の右腕にしがみつく。

「手だ。腕じゃない」

「腕でもいいにゃん」

そう言って平次の右腕を抱きかかえた。そのまま眠くなるにまかせる。こうしているのがなによりも幸せだった。

世の中が全部平次なら、さぞかし江戸は平和だろう、と思いながら幸せな眠りに落ちたのだった。

そして。

盗みの当日になった。

たまとお雪と双葉がとりあえず相談する。

「今回の反省会」

双葉が言った。

「まだやってないのにもう反省会なの？」

たまが訊いた。

「自分がやりそうな失敗をあらかじめ反省しておけばいいじゃない。そもそも今回って失敗してもおかしくないでしょ」

たしかにそうだ。単純に盗賊を防ぐわけではなくて、盗賊には成功してもらったうえで盗まれた側を成敗する。さらに盗賊も捕まえる、という狙いだ。

「たしかに失敗しそう。というかどうやったら成功するの？」

「なにも考えてなかったのかい」

お雪があきれたように言った。

「猫又に計画性を求めないで」

たまが言い返す。

「そうだね」

お雪はあっさりと納得した。おそらく彼女がいろいろ考えておいてくれたに違いない。たまの頭の良さを一とするならお雪は十五くらいある。

たまが考えるだけ無駄だと言えた。

「盗賊っていうのはこっそりやるんだけどね、当然。でも今回は、たまの男が言ってたように少し派手にやることにするんだよ」

お雪が説明する。

「派手って？」

「家の中で暴れるってことだね」

「そうしたら盗賊は逃げちゃうんじゃないの」

たまが疑問を口にする。

「後戻りがきかないあたりで暴れるんだよ」

お雪が答えた。

「でもさ。雨降るんでしょ、雨女がいるなら。相手はみんな家の中にこもっちゃってるのに盗むってどうするんだろう。かえって盗みにくいと思うんだけど」

双葉も言う。

「それがそうでもないらしいよ」

たまが口を挟む。

これは小豆洗いから聞いたことだ。雨が降ると、みんな家の中にこもる。一見盗みにくくなるようだが、じつはそうでもない。

金が置いてある蔵にこもる人間はいないからだ。外に誰も出ないならかえって守りも手薄というわけだ。

もし誰かが見に来たとしても、一反木綿やむじなが相手では人間にはどうしようもない。木鼠小僧としては悠々と盗めるのだろう。

妖怪だけにまかせると金を盗んでこないかもしれないから、立ち会うというところか。

「妖怪で盗賊団作ったら儲かりそうだね」

お雪が面白くもなさそうな顔で言った。

「誰かが考えちゃうかも」

双葉が真面目に返す。

たしかにそれはそうだ。妖怪が金を欲しがるかはともかく、人間のところに盗みに入るのは楽しいと思う連中もいるだろう。

だとすると一応用心はしていかないといけない。今回はたまたまお人よしの妖怪だったが、凶悪な連中もいるのだ。

たまたちが妖怪の起こす事件の盾となって江戸を守るというのはそんなに悪い考えではないような気がした。

たまたち自身も気持ちがいいし、みんな幸せになれる感じがする。

その第一歩だけに頑張りたいところだ。

「とりあえずわたしはこれで行くよ」

そう言うと、お雪が振り向いた。

目元に黒い縁取りがしてあって、唇からは血がしたたっている。

双葉が悲鳴をあげて布団にもぐり込んだ。

「なんで怯えてるんだい。双葉は」

「幽霊みたいじゃない」

「あんたも妖怪だろう」

「幽霊は怖いわよ」

双葉が言う。たまも双葉ほどではないが幽霊は怖い。たまは強いが、それも攻撃が当たればである。

幽霊というのは殴(なぐ)ってもすり抜けるからかなり強い。その点お雪は幽霊も関係なく凍らせることができるので平気なのだろう。

「それで、なんで幽霊の格好をしているの」

「この格好で連中のいる場所を飛ぶのさ。少し冷気を出しながら。なんか怖そうだろう」

「なんかというか、そんなことされたらもう立ち直れないと思う」

お雪が冷気を吐きながら空中を飛んでいたら、もう夜中に布団から出ることはできないだろう。

「部屋から逃げ出すんじゃないかしら」

「そのときは菊一郎が首を伸ばせばいい」

そう言うと、お雪が奥から菊一郎を連れてきた。

落ち武者風のざんばら髪で、顔は血まみれである。

「絶対菊一郎を好きになることはないわ」

双葉がいやそうに言った。

「話が違うぞ」

　菊一郎がお雪に文句を言った。

「このほうがモテるって言ったろう」

「知らない」

　お雪があっさりと首を横に振った。どうやら、お雪の言うとおりにすれば双葉の気を引けるとでも言われたのだろう。

　それにしても緊張感がない、とたまは思う。妖怪はよほどのことがないと真面目に集中することはできないのだ。

　長く生きる分だけ集中できないらしい。なんにでも緊迫感がないのは、良くもあるし悪くもある。

　しかし捕り物にはいいことではないだろう。

「真面目にやろうよ」

　たまが思わず言う。

「真面目だけど」

　菊一郎があっさり答えた。

　その様子を見て、たしかにそうかもしれない、と思う。たまが間違っている。たまは猫又だから、計らずも集中力があるだけだ。

相手は妖怪なのだから、向こうにも集中力はないだろう。

人間の側はその意味では手強いが、今回は関係ない。

盗賊が盗みを働く時間は、丑三つ時が多い。もう誰も歩いていない時間だからだ。

妖怪と一緒なら、人間の集中力はあまり必要ないと言えた。

「じゃあ行こうか」

お雪に促されて田宮の屋敷に行く。雨が降っていて少し鬱陶しい。

「飛ばすよ」

お雪が言うと雨がにわかに弱まった。

空を見ると晴れている。

「どうやるの？　これ」

「雨女の雨は雲がなくても降るんだ。でもそのときは弱い雨だから、風で飛ばせる。そうすると天泣っていうさらに弱い雨になるんだよ」

妖怪はいろいろ便利なんだな、と納得した。

深夜に雨が降っていると、夏とは言ってもけっこう寒い。そのせいかお雪はなかなか体調がいいらしい。

お雪が門に手を当てると、簡単に開く。たまも門をさわってみると鍵の部分が凍っていた。雪女を敵にしてはいけないとよくわかる。

こっそりと入っていくと、いつの間にか小豆洗いが隣にいた。

その横に人間がいる。これが木鼠小僧らしい。

しかしたまたちには気が付いていないようだ。小豆洗いがなにかしているのだろう。妖怪のたまが言うのもなんだが、妖怪と人間が共存するのはなかなか難しい。

圧倒的に妖怪の力が上だからだ。

人間の男たちが土蔵に盗みに入るのを見ながら、たまたちも準備する。

お雪が叫び声をあげながら飛んでいった。

もう多分なにもやることはないだろう、と思いつつ庭に出る。

男たちが何人か庭にころがり出てきた。そこに菊一郎が首を伸ばして待っている。

男がひとり白目をむいた。

そう言えばやっておくことがあった。たまは男たちがいた部屋に入ると、新左衛門という男を探した。

お雪の前に立っている男がいる。怯えながらも刀を抜いていた。脇差（わきざし）なところを見ると場慣れしているらしい。刀を抜くのに慣れていないとつい大刀を抜いてしまうが、部屋の中では壁や柱にひっかかってしまうのだ。

しかし、最近の戦のない世のなかで慣れているということは、悪い奴の証（あかし）でもある。

たまは男に近づいた。

「新左衛門というのはお前か？」

たまの声に、新左衛門はこちらを向いた。

「なぜ俺を知っている」

「みつという娘を知っているね」

「ああ」

震えながら、新左衛門は頷いた。

「じゃあ殺されても文句ないね？」

言いながら、少し妖力を開放する。新左衛門の目にはたまが化け猫に映っているだろう。猫又だから当然だが、平次には見せられない姿だ。

「た、助けて」

「助けない」

たまが言う。

「あんたは相手が助けてって言ったら助けてきたの？」

「助けてない。でも助かりたい」

「都合がいいね」

お雪が怒りを抑えない声で言った。

「じゃあ、この家は返してあげてくれる？」

そのくらいで収めたほうがよさそうだ。

「わかった。命あっての物種だからな」

思ったよりもずっとあきらめがいい。どうやら心底怯えているらしかった。

「本当に反省してる？」

「近寄らないでくれ」

新左衛門は両腕で顔をかばった。たまがお雪を指さして言う。

「こっちが怖いんじゃないの？」

「いや、あんただ。この人は怖くても美人だし」

新左衛門が腹の立つことを言った。

お雪が笑い出す。

余計なことを言ったせいで緊迫感がなくなってしまった。

「裏切ったら絶対許さないから」

そう言うと、新左衛門は首を縦に振った。

「じゃあいいよ」

それで、たまは収めることにした。

表から「御用だ」という声がする。平次だけの声だ。どうやら応援抜きでなんとかすることにしたらしい。

「あっちも片づけることにしよう」

お雪が言った。

「抵抗されるかな?」

「妖怪同士が戦うなんて約束はしてないだろうよ。盗みについては約束はしても、逃げるのを手伝う約束はしてないと思うよ」

「それはそうね」

たまは大きく伸びをした。

後始末は大変だが、なんとかなりそうだ。

「じゃあ捕まえよう」

そう言うと門の外に出たのであった。

木鼠小僧、遠島。

裁きの結果はそうだった。遠島になったのは、結局誰も奉行所に届けなかったからである。死罪にする理由がいまひとつなかったのだ。

そして田宮の屋敷はみつに返されることになった。田宮は蟄居である。切腹でなかったのが温情というところだ。

小豆洗いはみつの祖母ということになった。むじなは従兄である。屋敷が丸ごとみつの手に入ったことになる。

もちろん小豆洗いにはうまく管理できないから、隠密同心の相良がうまく手を廻してくれたらしい。

屋敷が手に入ったので長屋にも住まなくていい。

たまはというと。

平次にまとわりついて今日も過ごしていた。

「見廻りなら一緒に行こうよ」

たまが声をかける。

「そんなことできるわけないだろう」

平次がいやそうな顔をした。

「でも、平次は妖怪の事件の岡っ引きなんでしょ?」

「人間の事件も手がけるさ。妖怪の起こす事件なんてあまりないからな」

たしかにそうだ。そもそも妖怪は自ら犯罪などしない。

人間に騙されたからするだけだ。

「それだと、もしかして平次ってお払い箱なの?」

「そんなことあるかよ」

平次がやや憤慨した顔になった。

まあ、それはないだろうな、とたまも思う。お払い箱にするには奉行が手をかけすぎだからだ。

もしかして本当に妖怪窃盗団ができているのかもしれない。

だとすると、たまたちもやることはあるだろう。

これは面白いことになりそうだ。

妖怪というのは基本的にひまなのだ。だから盗賊と戦うというのであれば、これから楽しくなっていい。

「もし妖怪の盗賊団ができたら、平次はわたしがもっと必要になるね」

そう言うと、平次の腕にしがみついた。

「それはそうだな」

平次が照れた匂いを出した。

嫌われていない。

それだけでたまは生きていることができる。

「次もいい捕り物があるといいね」

「事件を楽しみにするな」

平次は真面目に言った。

それから大きく息をつくと、たまの頭にぽん、と手を置いた。

「そのときはよろしく頼む」

第二話　掏摸（すり）とかまいたち

じりじり。という声をたてて蟬（せみ）が鳴いた。

かなりうるさい。まるで雨が降っているかのようなやかましさである。

夏の昼間は妖怪にとってはなかなか手強い。夕方になるまでは家でひっそりとしている以外ないと言えた。

「たま、いるか」

平次の声がした。

「いる」

ぐったりとしたままたまは答えた。お雪にしがみついていればまだ涼しいのだが、今日は断固として拒絶されていた。

「ちょっとつきあってくれ」

平次が困ったような声で言った。

「妖怪のことなら夕方にして」

たまはやる気が全然ない声を出した。そもそも、妖怪は昼間にはなにもしない。

「人間のことだ」

「じゃあ明日にして」

だるいのでそう返した。

「そうもいかないんだ」

「どんな用事なの？」

「仲人（なこうど）」

平次が言う。

「行く」

たまは跳（は）ね起きた。

仲人というのはどういうことだろう。

「仲人って、わたしと平次がなるの？」

「そうだよ」

正直すごく嬉しい。仲人は、なりたいからなれるものではない。町内での信用があってはじめてできる。

岡っ引きというのは信用としては最低だ。十手を持っているから親分と呼ばれはしても、信用はされていないことが多い。

それに、仲人は親戚か、大家などがなるものである。

たまにいたっては妖怪だから、仲人は絶対に無理であろう。

「平次は岡っ引きだから、仲人にはなれないでしょ。信用ないから」

「信用ないとか言うなよ」

平次が困った顔をする。

「なにか訳ありということね。わたしは妖怪なんだから、もっと仲人できないでしょ。結婚の真似事とかならまだしも」

「それがそうでもないんだ。仲人のなり手がいないのさ」

平次が渋い顔をした。

「それだと結婚できないじゃない」

「そうだよ」

「仲人のなり手もいないようじゃ、大家さんも納得しないでしょう」

もし結婚するのが長屋の住人なら、大家が納得しなければ結婚できない。たまもこの前学んだように、結婚というのは書類を整えることだからだ。

たまだって、奉行が納得して書類を用意してくれたから平次と夫婦になれたが、そうでなければあくまで日陰の女だったはずである。

普通の結婚なら、十人近い人間の納得がいる。仲人はその筆頭である。「このふたりが結婚しても問題ありません」という保証人なのだ。

浮気や、仕事をクビになったなどという問題は仲人に持ち込まれる。だから仲人のほうも人柄を信用しない限りは結婚させない。

その件が真似事でないなら、よほどの訳ありである。

「どんな理由で平次が仲人をやるの」

「それがさ。仲人が脅されるらしいんだよ。それも妖怪にな」

「どういうこと？　仲人が？」

それは考えにくい。もし結婚に反対なら、新郎新婦に文句を言うだろう。わざわざ仲人に言うのは妖怪らしくない。

そういうまわりくどいのは人間の考えだ。

「そもそもなんで妖怪だって思うの？　見たの？」

「見たようだ。そして結婚させるなって言うらしい」

「他の言葉は？」

「どういうことかな」

そうだとすると、妖怪かどうかはわからない。しかし、一言しかしゃべらないのは妖怪らしいとも言えた。

「じゃあ、仲人を引き受けて脅されるのを待つのね」

「そうだ」

「わかった。やりましょう」

たまは大きく頷いた。

「よし、会いに行くとしよう」

平次が立ち上がる。

「どこに行くの？」

「団子坂(だんござか)だってさ」

団子坂。千駄木(せんだぎ)のあたりである。途中まで舟で行くことになるだろう。陸路では時間がかかりすぎる。

「団子坂のあたりって食べるところがなにもないね」

「うろうろ舟でなにか買おう」

平次が言う。

「なんだか逢引きみたいだね」

たまはなんとなく嬉しくなって思わず平次にしがみつく。

ところが。

「平次、少し嘘ついてるね」

平次から嘘の匂いがした。正しくは「隠し事の匂い」だ。仲人のことは嘘ではないが、たまに言いたくないことがあるらしい。

「嘘じゃないんだがな。言いにくい」

平次が口ごもる。

嘘と隠し事はたしかに違う。だとしても少々水臭い。

「わたしが気分を悪くすると思ったの？」

たまが言うと、平次が首を横に振った。

「俺の気分が悪いんだ」

どうやら、たまを巻き込みたくなかったというところのようだ。

「優しいんだね」

「違うよ。卑怯(ひきょう)なだけだ」

平次が顔をゆがめた。

卑怯、とはなかなか聞き捨てならない。この言葉はたまに不利益があるということを意味するからだ。

どうしようか、と思ったが聞くのをやめた。どうせ断る気はない。

両国橋のたもとから舟に乗る。千駄木のほうに進みはじめると、あたりに舟が寄ってきた。うろうろ舟というやつで、食べ物や飲み物を売っている。

猪牙舟の中で酒を飲む人も多い。舟なのでその場で焼くものなどはないが、あらかじめ焼いてあったり煮てあるものは扱っている。

果物などもあった。

「桃はいらんかね」

舟が寄ってきた。たしかに桃がたくさん積んである。

「ひとつください」

「八文だよ」

言われるままに払う。平次は桃には興味がないらしい。桃は、掌(てのひら)にすっぽりとおさまる大きさで、黄色いのが特徴だ。

「むいてやる」

平次が小刀で桃の皮をむいてくれた。

「ありがとう」

受け取ってかじる。桃は渋甘い。柿の甘みよりも桃のほうがたまは好きだ。

食べているうちに千駄木のあたりについた。

寺の匂いがする。人間の生活を感じさせる様子はあまりしない。寺独特の匂いである。線香の香りもするが、欲望の匂いが強い。

「団子坂の上に長屋があるのね」

言いながら坂をのぼる。

「大丈夫？」

たまは声をかけた。団子坂は急だ。ころがり落ちると団子のように泥だらけになるから団子坂。

人間にはなかなか厳しいだろう。

進むうちに、妖怪の匂いがしてきた。どうやら今回の仲人話は、本当に妖怪が絡んでいるらしい。

団子坂をのぼりきると長屋があった。その後ろに大きな榎(えのき)がある。匂いからするとこの榎そのものが妖怪のようだ。

二百歳ほどだろうか。榎は大きくなる。一里塚の指標にも使われるくらいの大きさだ。

長屋の中に入ると、空気が変わった。住民がたまに警戒心を持っているようだ。

「入るぞ」

平次がたまをかばうようにして奥の家に入った。

中には、ひとりの男と、妖怪の女がいた。

男の顔は暗い。怯えているようにも見える。女の顔は明るい。男が怯えているのがまったくわからないようだった。

樹木系か、とたまは思う。これはなかなか厄介だ。妖怪の中でも樹木の妖怪は飛び抜けて寿命が長い。

だから恋をするとしつこい。かなうまで追いかける。人間からするとたまったものではないのである。

「この人たちの仲人をするの？」

たまは平次に聞いた。

「そうだ」

平次が頷く。

たしかにこれでは、脅される云々よりそもそも誰もやりたがらないだろう。

「たまです。はじめまして」

たまは二人に頭を下げた。

「志津です。よろしくお願いします」

志津。なかなか珍しい。榎の妖怪はたいてい「えのき」と名乗る。青柳なら「あおやぎ」である。

たまは男のほうを見た。

「まさかとは思うけど。名前をつけた？　榎に」

「はい」

男がうなだれた。

「それは仕方ないわね」

たまは肩をすくめる。

人間に名をつけられると恋してしまうことが多い。

「志津さんは普段はなにをやっているの？　長屋にいるの？」

「麦湯売りです。これでも評判いいんですよ」

どうやら、志津は人間として普通に活動できるらしい。かなりの妖力を持っているようだ。

「ところでそっちの人は、なんで浮かない顔をしてるの。妖怪だからいやなの？」

「そんなことはないです」

男は目線を下に向けた。

「お名前は？」

「健太です」

「それで、なんで暗いの？」

「仕事が……」

「仕事が？」

「掏摸なんです」

それは大変だ、とたまは思った。犯罪者と妖怪ではあまりに具合が悪いだろう。

「これを機会に掏摸をやめたいということね」

「そうです」

掏摸はじつは、個人で犯罪を犯しているわけではない。きちんと組合があって組合の掟にしたがっている。

気分が変わった。やめます。で済むものではない。けじめをつけないと仕置きをされてしまうのである。

「どうやったら抜けられるの」

「金を積むか手柄を立てるかです」

健太が悄然とした様子で言う。金はなさそうだから用意できないだろう。だとすると手柄のほうだ。

「わたしが解決してもいいのですが」

志津がおずおずと言った。

「駄目。全部殺しちゃうでしょ」

「駄目ですか」

「もちろん」

たまはきつく言った。樹木の妖怪は人間を殺す力がすごく強い。三十人くらいはあっという間に地面に引きずり込んで殺してしまう。

妖怪はまず人を殺さないが樹木は別だ。

それにしても、妖怪と結婚するために盗賊を捕まえる、ということか。それはそれでたまには好ましい。

妖怪だからといやがる男のほうが多いからだ。

「わたしは健太が仕事などしなくてもいいのです。わたしが養います」

志津がきっぱりと言う。

負けている、とたまは思った。たまは平次が好きだが、養おうとは思わない。養ってもらおうとも思わないが。

愛情の深さで負けてはいないと思うが、榎という樹木と猫又の差だろう。しかしなんとなく敗北感を覚える。

男を甘やかすのがいい女とは言えないが、妖怪的には相手に尽くしてみたい。今回平次の手柄ということになるなら、それも尽くすうちに入るだろう。

「どんな奴を捕まえればいいのかな」

都合よく妖怪が絡んでいる事件でもあればいいのだが。

「戻って相良様に聞いてみるよ」

平次がのんびりと言った。

「待ってください」

志津が真剣な表情になった。

「仲人は、結婚のことは」

「わたしからお奉行様に言うから平気。まかせておいて」

たまが言うと、志津はほっとした様子を見せた。

「でもその前に健太さんに聞きたいんだけど」

たまが言う。

「なんでしょう」

「他に気になってる娘がいるとか、そういうのはないでしょうね。あってもいいけどそれやったら死ぬから。樹木の浮気に対する怒りってすごいからね」

「それは平気です。そもそも俺を相手にする女なんていないです。性格の暗い掏摸ですからね」

健太は気弱に笑った。

たしかにそれはそうだ。掏摸は「なんとなく認められている犯罪者」だ。しかし犯罪者には違いないから、結婚はなかなか難しい。

掏摸はたいてい掏摸と結婚すると相場が決まっていた。

しかし健太はおそらく掏摸になじまなかったのだろう。悩んでいるときに榎に愚痴かなにかをこぼしたに違いなかった。

とりあえずここは志津の願いをかなえておこうと思う。

「とにかく、最近怪しい事件があるか調べてみよう」

平次が言った。

「俺の味方してくれるんですね。親分は」

健太が嬉しそうに言う。

「いや。お前の味方じゃねえよ。あえて言うならそこの榎の味方だな」

平次がにべもなく言った。

「俺のことはどうでもいいんですか」

健太が不満そうに言う。

「岡っ引きだぜ、俺は。掏摸の面倒は見ないだろう」

平次が言うと、健太は首を横に振った。

「岡っ引きだから掏摸の面倒を見るんでしょう」

「まあ、そう言われればそうだな」

平次が腕を組んだ。

岡っ引きは、掏摸とは仲がいい。掏摸の仕事を見逃すかわりに、盗賊などの情報を得るのだ。

一方掏摸も、あまりひどい掏摸はしない。たとえば誰かの形見を拾ってしまったような場合は、きちんと親分に届け出ることになっていた。

平次にとっては、健太は案外役立つかもしれない。

「わかった。お前の身はあずかろう。ちょうどいい事件がないか探してみる」

「ありがとうございます」

健太が頭を下げた。

「うまい具合にあるといいけどな」

平次がため息をついた。

「あるよ」

たまは言った。なにかある気がする。ここのところ妖怪が活性化しているのには、それなりの原因があるに違いない。

たまが思っているよりもずっと、妖怪による犯罪が起こっているのではないか。

そのうち大きなことが起こる、いまは前触れなのかもしれない。

「平次は帰ってて。あとで長屋で合流しましょう」

たまが言うと平次は頷いた。

平次を行かせると、たまは志津を見た。健太を指さす。

「これでいいの？」

「はい」

志津がきっぱりと言う。

「男の趣味が悪いね」

「猫又に言われる筋合いはありません。男の趣味はあなたも悪いでしょう」

志津がすまして言う。

「ま、そうだね。妖怪は人間的にうまくいってる男を好きになることは少ないから。でも気をつけてね。人間は簡単に人間を殺すわよ」

「わかってますよ。人間は危ないですからね」

「あなたも、うかつに殺さないでね」

たまはあらためて念を押した。樹木の妖怪は怖いから、一応釘を刺すのである。それと、なんだか親近感を感じるからだ。

「恋の匂いがする」

志津に言うと、志津も笑顔を返した。

「お互いね」

満足し、たまはまっすぐ長屋に帰ることにした。

団子坂を下りて舟に乗る。両国橋まで戻るとなんとなく我が家に帰った気がした。

空気を思いきり吸い込んで伸びをする。

あたりの雑多な匂いが飛び込んでくる。今日は商売繁盛の匂いだ。みんなが幸せに飲んだり食べたりしているようだった。

たまにとってはその匂いだけでも御馳走だ。人間の精気も妖怪にとっては充分栄養になる。

長屋の近くまで来たとき、ふと気になる匂いがあった。

一瞬で消えてしまったが、あまりいい匂いではない。楽しみと悪意が入り混じっているような感じだった。

いやな人間が持つ匂いだ。

なにか悪いことがなければいいが、と思いつつ長屋に帰る。

長屋につくと、今度はいい匂いがした。

鍋だ。しかも猪である。

匂いは双葉の部屋からした。あわてて向かう。中に入ると、もうもうと煙が立っていた。そして猪の匂いである。

双葉とお雪、そして平次が鍋をつついていた。

「先にはじめるのはずるいんじゃないの」

声をかけると、双葉が悪びれもせずにふふんと鼻を鳴らした。

「間に合ったとは、運がいいわね」

「どうしたの」

「日本橋で買ってきたのよ」

日本橋には肉屋があって、種類はなかなか豊富だ。猪や鹿、かわうそや狸、雉にウズラなどなんでも売っている。

江戸っ子には猪が人気である。たまとしても猪は嬉しい。双葉の味つけは少々濃いが、耐えられないというわけではない。

たまが食べるのを見越してか葱は入っていない。そのかわり、ささがきに削ったゴボウが入っていた。

小皿に取りわけてしばらく冷ます。

どうやら肉はたくさんあるらしい。

「どうしたの？　猪なんて」

「元気つけようと思って」

双葉が笑顔で言った。

つまり、元気をつけたくなるような何かがあるということだ。

平次を見ると、ふっと目をそらした。

「面倒な事件なの？」

「面倒だね」

お雪が言った。お雪も猪を小皿で冷ましている。

「妖怪が絡んでるの？」

言ってから、なんだか馬鹿馬鹿しい質問だと思う。そもそもたま自身が妖怪なのだから、相手が妖怪だからといって特に問題があるわけではない。

「まあ、そうだな」

平次が言う。

「誰？　妖怪って」

「かまいたち」

お雪がいやそうに言う。

「やめようよ」

たまが思わず顔をしかめた。

「嫌いなんだけど。あれ」

かまいたちは文字通りイタチの妖怪だ。三人が一組になって人間の体を斬る。といっても三人目がすぐに薬を塗るから、血が出るようなことはない。

気性が荒いのと、とにかく三人で固まっていて他の妖怪と交流しない。

おまけに素早いので捕まえることもできないときている。

「かまいたちがなにをやってるの？」

「掏摸」

双葉が言う。

「じゃあ無理」

即座に答えた。かまいたちが掏摸をはじめたら誰も手のつけようがない。

「それがあきらめるわけにもいかねえんだ」

平次がため息をついた。

「どうして？」

「これはなんというか、戦なんだよ」

平次がぽつぽつと説明する。

かまいたちは、相手の袖を切って掏摸を働く。これは「巾着切り」といって江戸の掏摸のあいだでは御法度である。

つまり、上方の掏摸がやってきてかまいたちを使っているということだ。

「まさか、かまいたちも上方から来ているの？」

「上方というか尾張だね」

「尾張か」

たまはさらにいやな気分になった。江戸の妖怪はたいてい尾張の妖怪が苦手である。なんといっても高飛車だ。

あちらも江戸が嫌いなのではないかと思う。尾張は独特な土地で、山も海もあって尾張の中で全部用事が足りる。

だから他の土地の妖怪と絡む必要が全くない。尾張からわざわざ出かけないという意味では、京都の妖怪以上である。

「しかもなんで夏なの。かまいたちって冬の妖怪でしょ」

彼らは本来、つむじ風とともにやってくる。だから正月など、つむじ風の多い時期に現れるのだ。

夏はどちらかというと避ける。それにイタチは暑がりだから、夏はぐったりしているのが相場だった。

「わざわざ夏にやってきて掏摸ってなに。いやがらせ？」

「そう。いやがらせだよ」

お雪が大きく頷いた。

「尾張の連中は江戸が嫌いだからね」

「手を組んでる人間も尾張なの？」

「それは大坂のようだな。大坂の掏摸は江戸を支配下に置きたいんだ」

「妖怪同士の戦争になりそう」

「そうだね」

双葉がにこにこと笑いながら鍋を食べる。

「戦争だね」

「嬉しそうね、双葉は」

「うん」

双葉が頷いた。ふた口女は、二つ目のほうの口で妖怪の精気も食べる。食べられた妖怪は大きな痛手を受けるから、礼儀として普段は食べたりはしない。

しかし、戦となると違うのだろう。御馳走を前にした目をしていた。

「それで。かまいたち以外の妖怪は？」

「まだわからない。とりあえず捕まえるしかないだろう」

平次が全員に頭を下げた。

「江戸の人間のために一肌脱いでくれ」

「わたしはいいよ。平次のためだし」

たまは頷いた。

「食べるからいい」

双葉も頷く。

「まだ戻ってないけど、菊一郎もやるだろ」

お雪が気だるく言った。

「菊一郎はなにかあるの？」

「上方から相手が来るならさ、ろくろ首もいるかもしれないだろう」

「ああ」

たまは納得した。ろくろ首というのは、実際には二種類いる。単純に首が伸びるものと、首が外れて飛んでいくものだ。

伸びるほうは人間とそう変わらないが、飛ぶほうは違う。人間を襲って食べてしまうのである。だからろくろ首の悪い噂は飛ぶほうで、これが飛頭蛮と言われる連中だ。

そういう意味で正統なろくろ首はいつも怒っている。

「だから、奴らが出てくるなら菊一郎も加わるだろう。必ず来ると思うよ。あいつらは悪いことが大好きだからね」

「悪いことが好きな上方の妖怪を江戸の妖怪が迎え撃つってこと？」

「そうなるね」

お雪が頷いた。まったく乗り気な様子は見えないが、お雪もやってはくれるだろう。

それにしても上方か、と思う。妖怪は東と西であまり仲が良くない。どちらかというと上方が江戸を嫌っている感じがした。

「どちらにしても好き勝手に江戸を荒らされるのはよくないね。でも相手も強いから、もう少し仲間が欲しい」

「平次から聞いたけどあの榎の妖怪は駄目なのかい」

「彼女もだけど、もう少し素早い奴がいい。狐とか」

「狐はいいね。蘭ちゃんでしょ」

双葉が嬉しそうに言った。

「仲いいんだっけ」

「いいお客さんだからね。性格もいいし」

ばりばりとゴボウを噛み砕きながら双葉が言う。たしかに蘭は性格がいい。むじなのときは協力してもらう必要はなかったが、今回は必要だろう。

「じゃあ蘭のことは、双葉に頼んでいいかな」

「二人で行こうよ」

そう言われて、それもそうか、と思う。双葉のひとり歩きは危険かもしれない。ふた口女はとにかく絡まれやすいからだ。

「双葉は目をつけられやすいものね」

「そこは宿命ね。もともと人間はエサだから。エサを引き寄せやすい雰囲気が出てるの」

にこにこしているが、双葉が一番怖い気がする。油断すると知らない間にかじられていそうだ。

「じゃああとで行こうか。深夜に」

「うん」

妖怪は人間よりも眠らない。眠るとなったら一年でも眠っているが、まるで眠らなくても平気だ。

猫や狐は比較的眠るほうだが、ふた口女などは睡眠は必要ない。だからずっと針仕事ができるのだ。

鍋を食べ終わると、出かけるまで休むことにした。

「平次は戻っていいよ」

そう言うとたまはお雪にしがみつく。

「俺に抱きつくんじゃないのか？」

平次が不満そうに言った。

「冬は平次がいいけど。夏はお雪がいい」

「この間もそう言ってくっついてきたじゃないか」

お雪が顔をしかめた。

「作戦会議しようよ」

首にしがみつくと、お雪はため息をついた。

「わたしは水枕じゃないんだけどね」

「いいからいいから」

言いながらお雪を布団に押し倒した。お雪が体温をちょうどいいくらいに合わせてくれる。本来の雪女の体温では冷たすぎて凍えるからだ。

平次が肩をすくめて出て行った。

遠慮なくお雪にしがみつく。双葉もお雪に抱きついてきた。

「雪女だけあって心臓の音はしないんだね」

お雪の胸からは、心臓の音ではなくて風のような音が聞こえる。とくんとくん、ではなくしゅるるる、という音だ。

「長く生きるためにはそうなるだろう。むしろどくどく心臓の音がするたまのほうがおかしいんだよ」

「双葉だって心臓の音するでしょ？」

「しない」

双葉があっさりと言う。

「そうなの？」

あわてて双葉の胸の上に耳をあてた。やはり風のような音がする。

「本当だ。しない」

「妖怪のくせに心臓の音がするたまがおかしいの」

双葉がくすくすと笑った。なんだか半人前のような気がする。

「そのうち心臓の音がしなくなるのかな」

「それはない」

お雪が言う。

「動物の化身だからね、たまは。心臓の音はなくならないよ。わたしは雪の化身だから心臓は最初からないんだ。妖怪は人間と違って幅が広いからね」

「かまいたちはどうなんだろう。イタチだから心臓あるのかな」

「あっちはないよ」

言ってから、お雪はくすりと笑った。

「だから手加減しなくても大丈夫」

お雪は楽しそうだった。どうも戦うのが好きらしい。

「戦いたいの？」

「たまは違う？」

双葉が不思議そうに言った。楽しいのだろうか、とたまは考える。

楽しいかもしれない。妖怪は長く生きているから、だんだんと魂が削れていって生きているだけになっていく。

最後は、生きてはいるが転がる石みたいになってから消える。

だから戦いがあって、退屈しのぎができると元気になるのだ。

適度に戦わないといけないのだろう。たまがあまり戦いにときめかないのは平次がいるからだと思う。

しかし放っておけば平次も巻き込まれるのだし、やはりここは迎え撃っておこう。

お雪にしがみついて涼しくなったところで長屋を出た。

時刻はもう深夜になっている。木戸も閉まってしまう時間で、普通の人間は家に帰って寝静まっているころだ。

両国も、夜鷹蕎麦がいるくらいで静かなものである。

人間がいない通りにも、匂いはいろいろなものを残してくれる。色濃く残っているのは鰻の匂いだ。

この時期はやはり鰻が美味しいからだろう。

そして恋の匂いも。浴衣で薄着になる季節だから恋も多いに違いない。

今日のところは気になる匂いはない。狐の匂いがかすかにするのは目指している蘭のものである。

どこかでまたたびの匂いがした。といっても普通のまたたびだから、たまには関係がない。人間用だろう。

「猫にまたたび」とは言われるが、普通のまたたびに意味はない。またたびの中に虫が卵を産みつけたものがあって、その虫食いのまたたびの匂いがいいのだ。

しかし、どこでまたたびの匂いがするのだろう。酒の匂いはしないから、またたび酒ではなさそうだ。

あたりを見渡すと、カゲロウがいた。どうやらそこにまたたびがあるらしい。カゲロウはまたたびに集まる。といってもそれは江戸だけで、上方のカゲロウはまたたびには興味がないらしい。

昆虫でも妖怪でも、江戸と上方ではなにかと違う。

双葉を待たせて、またたびを手に取ると懐に入れた。あとで酒にでも漬けておこう。またたびを見つけると一応持ち帰ることにしている。

町にうかつに虫食いのまたたびが現れては、気が散って危ないからだ。

「お待たせ」

「またたび？」

「そう」

「嬉しいな。あとでちょうだい」

双葉はまたたびが好きだ。焼酎に漬けて飲むと力が出るらしい。

ご機嫌な様子で歩く。

もうすぐ蘭の家が見えるというあたりでふっと空気の匂いが変わった。生暖かい風が吹いてくる。

「あら。ご挨拶が来るみたいよ」

双葉が楽しそうに言った。

生暖かい風が吹くということは、そういうことだ。妖怪が現れたからといっても必ず風が吹くわけではない。

あくまで妖怪の妖力で吹かせるのである。

それにしてもご苦労なことだ、とたまは思う。風を吹かせるのはけっこう疲れる。だから妖怪同士で会うときに吹かせるなどということは普通はない。

すごく格好つけたい、見栄っぱりの妖怪なのだろう。

空気に匂いがしない。相手に匂いがないのではなく、匂いを消している感じだ。しかも姿も見えない。

「お前、かなり痛々しい奴だね」

たまは見えない相手に声をかけた。

「妖怪同士なのにわざわざ風を吹かせるところを見るとね。自分を主張したいわりに誰からも相手にされてないんだろう」

「なんやて。ずいぶんな物言いやないか」

たまの後ろから声がした。

振り向くと、ひとりの女が立っている。猫又だ。

「あー。はじめまして」

自分でもいやそうな声が出た。西の猫又はなにからなにまで好きではない。そもそも尻尾の形からしていやだ。

江戸の猫又は分かれた尻尾の片方がかぎ状になっている。かぎ尻尾というやつだ。それに対して上方は尻尾の先がすうっと伸びている。

たまとしてはかぎ尻尾は可愛いと思っているが、上方の猫又はみっともないと言ってくる。

「まさかと思うけど、上方の掏摸と手を組んで江戸に攻めてきてるのはあんたじゃないわよね」

たまが念を押した。

「だったらどないしたっていうんや」

「同じ猫又として見逃すわけにはいかないわ」

「それこそまさかと思うけど、わたしらのすることを止められる思うてるん？」

猫又がからかうように言った。

「もちろんよ。ここは江戸だからね。上方の妖怪に荒らされるなんてとてもじゃないけど許せない」

「じゃあせいぜい頑張って。まともな力もない江戸の妖怪のお手並みを拝見するわ。明日からはこの両国一帯で掏りまくって、誰も来られなくしてやる」

そう言うと、猫又は笑い声を残して消えてしまった。

「相手にも猫又がいるんだね」

双葉が感心したように言う。

「わたしは負けないよ」

「でもちょっと面倒だね。他にどんな奴がいるのかわからなかったし」

双葉は言いながら蘭の家のほうに歩いていく。

蘭の家は、住人が全部いなくなって壊される寸前の長屋だった。

「どうしたんだい」

部屋を覗くと、闇の中で蘭の眼がきらりと光った。

「ちょっと聞きたい事があるんだけど、いいかな」

双葉が声をかける。

「いいよ」

「最近この辺りに、上方の妖怪が現れて悪さをしているらしいんだけど、何か知ってる？」

「知ってるよ」

蘭が当然のように言う。

「蘭ちゃんは無視してる感じなのかしら」

双葉がおそるおそるという様子で聞く。狐がどうするかは他の妖怪の動きにもかかわるからけっこう重要だ。

「両国でなにもしないならどうでもいいって言っといた」

狐は縄張り意識が強い。両国で悪いことをされて芝居の客が減ってしまうのは、蘭にとってはすごくいやなことだろう。

そのかわり縄張りの外で何があってもあまり気にならない。

「上方から来た猫又が、両国で掏摸をやりまくって人通りがなくなるようにするって言ってたの」

たまが言うと、蘭がまなじりをつり上げた。

「これだから猫は嫌いなんだ。いつも適当言いやがって」

「猫だからじゃないと思うけど」

「猫だからさ」

機嫌悪そうに言ってから、蘭は少し考え込んだ。

「しかし、そうだとすると少々面倒だね。あっちにはかまいたちもいるんだろう。匂いがしたよ。あいつを止めるのはなかなか難しい」

「狐でも難しいの？」

たまは不思議に思った。

たしかにかまいたちは強力だが、妖狐に勝てるほどの強さはない。本気でやれば蘭が簡単に勝つだろう。

「全力でやればそうだけどね。逃げるイタチは素早いんだ」

それから蘭はまた少し考える。

「それに人間がいるみたいだからね。こちらも人間を用意しないと駄目だろう」

「それは作戦という意味で？」

双葉が訊いた。

「ちがう。やる気の意味で」

蘭が言う。

それもそうだ。妖怪としては掏摸がどう、ということには興味がない。好きな人間がなにかをするのに協力することはあるが、あくまで好きな人間のためだ。

金のためではやる気が出ないというところだろう。

「平次でいいかな」

たまが双葉を見た。

「この際、仕方ないわね」

「平次ってこのへんにいる岡っ引きかい？」

蘭が訊く。

「そうよ」

「お前、あんなのが好きなんだ？」

蘭がからかうように言った。

「悪い？」

「悪くない。いい趣味だな。あたしもあれは好きだ」

思いがけず蘭が言った。

「そうなの？」

「ああ。あれはいい男だね、駄目そうで。思わず養ってやりたくなる」

駄目そう、は妖怪的にかなりの誉め言葉だ。案外本気なのかもしれない。

「平次はわたしともう結婚してるから」

思わず牽制する。が、蘭は気にしないようだった。

「あたしらは妖怪だからねえ。男に何人女がいても気にしないよ」

「わたしが気にするの」

たまが言い返す。とはいっても、蘭が平次を気に入ってくれるのは必要なことではあった。

相手と戦うのに狐の力はあったほうがいい。しかし平次はとられたくない。

どうしたらいいのかわからなくなって、たまは動きを止めた。

「からかっては駄目よ。蘭」

双葉が割って入る。

「からかってない」

蘭が真顔で言った。

蘭の体から本気の匂いがする。これはまずい、とたまは思った。掏摸よりも厄介なものを目覚めさせてしまったらしい。

「でもそれはあとでいいよ。両国を荒らされるのは気に入らないからね」

この言葉も本気である。

やはり、自分の縄張りを荒らされる以上に気分の悪いことはない。

「じゃあよろしく頼むね」

そう挨拶をする。たまはこうして、とにもかくにも狐の仲間を得たのだった。


そして翌日。

たまは平次とともに両国を歩いていた。たまの恰好(かっこう)は白地に黄色い金魚が入っている単衣である。いかにも町娘という感じだ。

平次のほうは十手を持って岡っ引きという様子で歩いている。あまり鋭くない目つきであたりを見回していた。

掏摸というのはその場で捕まえないと駄目だ。かといって、眼をこらしていてもなかなか見つかるものではない。

そのうえ今日のところは江戸の掏摸は見逃すのだ。平次もどうしていいかわからないだろう。

おまけに岡っ引きというのは両国を素早く歩くのには向かない。

そこら中の店から声がかかるのだ。

「平次親分。ちょっと寄っていってくださいよ」

煮売り屋から声がかかる。

「もう食えねえ」

平治が音をあげた。さっきから食べつづけである。これはなかなかのモテっぷりである。

平次が慕われているのを見ていると、たまも嬉しくなる。それにしても本当に人気がある。とはいえこれは悪いことでもあるのだ。

平次がモテるのには理由がある。岡っ引きがいる店には、他の岡っ引きは来ない。つまりたかられないのだ。

岡っ引きの主な収入はたかりとゆすり。そうでなければヒモだ。だから普通に仕事している店にとっては迷惑なのである。

その点平次はあまり金に興味がないのでたからない。だからモテているのだ。しかし悪いことをしないと犯罪者とのつきあいができない。

そうすると事件が解決しなくなる。

岡っ引きというのは犯罪者との仲間意識で事件を解決している不思議な存在なのだ。掏摸と密接な関係があるのも、情報を得るかわりに掏摸を見逃すからである。

その意味では平次はまったく駄目な岡っ引きだが、人望はあった。

たまが思うに、屋台の人々の協力を得ることにして、悪い人々の協力は捨ててもいいのではないかと思う。

平次について歩きながら、たまのほうも気配をさぐる。

上方の掏摸に匂いはあるのだろうか、と考える。さすがに上方臭いということはなさそうだ。

こればかりはわからない。と思っていると、不意に檜(ひのき)の匂いがした。

これは上方の匂いだ。江戸には檜はない。檜はよく燃える。木の中に油が入っているから温度も高くなるのだ。

だから江戸では家は全部杉で、檜を使うことはない。

江戸の人間は檜を知らないと言ってよかった。

匂いと一緒になにか音がする。ということは檜の下駄を履いているのだろう。だとするとはずれかもしれない。

素早い動きを必要とする掏摸は、下駄は履かないからだ。

それでも一応見てみるか、とあたりを見回した。そのとき、風の匂いがした。風にも匂いはある。

人間にはわからない匂いだが、たしかにあるのだ。

それはつむじ風の匂いだった。かまいたちの匂いと言ってもいい。どこかでかまいたちが掏摸を働くということだ。

　しかし彼らの動きは見えない。

　檜の下駄のほうに意識を集中する。かまいたちが掏った金を受け取るだけなら下駄でもかまわないだろう。

　用心深くあたりを見回した。匂いもさぐった。

　川の近くで檜の下駄の匂いがする。

「平次。掏摸がいる」

　耳元に声をかけると、人混みをかきわけて下駄のもとに急いだ。

　川の脇に下駄があった。

　下駄だけである。

「逃げられた」

　思わず舌打ちする。

「そんなこともないさ」

　平次は下駄を手に取った。裏返して下駄をよく見る。

「なるほど。こいつはなかなかいいものを拾ってくれたな。たま、ありがとう」

「下駄でなにかわかるの？」

たまは思わず訊いた。

「この下駄はおろしたばかりだ。上方で買ったのではなく江戸で買ったんだろうよ。上方風の下駄を商っている店に訊けばいいのさ」

「でも、わざわざ上方風の下駄なんて履きたいものなの？」

「ああ、案外な。家を長くあけると故郷が恋しくなるからな。そういったときにちょっとした小物を故郷と同じにしたくなるんだ」

平次は下駄をこつん、と叩いた。

「とにかくこいつはなにかの手がかりには違いないよ」

それにしても、人間も大したものだと思う。妖怪と違って感覚は鈍いのに、頭でよくもいろいろ考えるものだ。

下駄ひとつで相手の正体を追えるのはすごい。

「役に立ちそう？」

「うん。すごく役立つ」

平次が嬉しそうに笑った。それから顔を引き締める。

「でも、誰かは掏られたみたいだな」

「防げなかったね」

かまいたちに本気になられたら手も足も出ない。とにかく逃げてしまうのだからどうにもならなかった。

「まあ仕方ないな。もう少しぶらぶらしよう。妖怪はともかく、人間はまだいるかもしれない」

それから平次は、少し首をかしげた。

「でもおかしいな」

「なに？」

「両国なんて小銭ばっかりで儲からない。もし本当に掏摸をやるなら、日本橋の本町(ほんちょう)か牡蠣殻町(かきがらちょう)でやると思うんだがな」

たしかにそうだ。両国には金持ちは来ない。庶民の財布など狙ってもたかが知れている。妖怪としては両国はいい町だが、人間の掏摸としては日本橋だろう。

それならどうしてかまいたちは両国にいたのだろう。

少し考えて、思い当たった。

つむじ風を起こすために、両国で慣れておくほうがいいと思ったのだろう。かまいたちはつむじ風とともに移動する。両国は川からの風を受けてつむじ風が起きやすいのだ。

多分土地勘がないためで、両国で練習してから日本橋で仕事をするつもりなのだろう。

妖怪はなじんだ土地が一番力を発揮できる。だからなにをするにしても土地になじむ時間が必要なのだ。

人間のように簡単に新しい土地で暮らせたりはしない。

上方からわざわざやって来るというのも珍しいことだ。

いずれにしても蘭に訊いてみたほうがいいだろう。

芝居小屋に行くと、蘭は仕事中だった。道に向かって声を張り上げている。蘭の仕事は、芝居の一部を通行人に披露する木戸芸者だ。

そのときにする役者の声真似が上手で、蘭はとても人気があった。芝居小屋は小屋の前で役者の関連商品を売って儲けている。

蘭が演じていると、なんとなく商品が売れていった。

なかなかたいしたものだ、と感心する。しばらくすると、蘭が声をかけてきた。

「お待たせ。いまならいいよ。休憩するから」

「かまいたちが出たの」

たまが言うと蘭は頷いた。

「知ってる。気配は感じた」

声が怒っている。縄張りを荒らされたことに対しての怒りだった。

「どうも」

平次が蘭に頭を下げる。

「平次さんだね。今回は頼むよ」

蘭が色気もそっけもない様子で言った。怒っているからだろう。

「問題はさ、人間のほうだね」

蘭が言う。

「さっき檜の下駄を見つけたんだけど」

たまが言うと、蘭はちらりと平次の持った下駄を見た。

「檜の下駄かい。そいつはこの広小路じゃ売ってないね。両国じゃ檜の下駄は扱わない。日本橋で買ったんじゃないかい。丸角屋に行ってごらんよ」

「丸角屋か。ありそうだね」

丸角屋は、日本橋の本町二丁目の小間物問屋だ。品揃えが豊富で、檜の下駄もそこならありそうだった。

「じゃあ行ってみる」

日本橋の本町なら歩いてすぐである。

たまは平次の左腕に絡みついた。

「行こう」

「おいおい。そういうのはよそうぜ。お前の評判が下がっちまうだろう」

平次が困った顔をした。

岡っ引きと腕を組んで歩くのはたいていは蓮っ葉な女だ。だから気を付けろということなのだろう。

「どう思われても平気だよ。女房なんだし」

たまからすると、人間の評判は全然気にならない。平次の気遣いは嬉しいが、それはまったくいらない心配だ。

「それならいいけどな」

少々照れたように言うと、平次は歩き出した。

日本橋の本町は、さまざまな種類の店が並んでいる。本町のあたりは伽羅の匂いが漂っていた。

白粉の匂いもする。

化粧品の匂いは、たまは少々苦手である。強いから他の匂いを消してしまうし、たまには必要ないものだ。

油の匂いに混ざって蕎麦つゆや葱、鰻の匂いなどもする。真面目に空気の匂いを感じようとすると少々具合が悪くなりそうだ。

だから感覚を人間並みに落として歩くのが町歩きのコツだった。

「ついでになにか買うか？　高いものは無理だけどさ」

「なにかって？」

「櫛とか簪とか」

「買ってくれるの？」

「ああ」

「じゃあ簪がいいかな」

人間の姿のたまはそれなりに髪が長い。江戸らしく普段はたらし髪にしているが、簪でまとめるのも悪くない。

「どうせ小間物屋に行くんだからな。いいだろう」

「ありがとう」

丸角屋はそこそこ混んでいた。いまは夏だから、涼傘がよく売れているみたいだ。

平次は手代らしい男のところに行くと、下駄を差し出した。

「この下駄はここで扱ってるかい？」

手代は下駄を見ると笑顔になった。

「はい。たしかに扱っております。御入り用ですか？」

「最近これを買った客を憶えているか？」

手代は平次の十手に気がついたらしい。表情に緊張が走った。事件が起こったという緊張ではない。岡っ引きにたかられるという緊張のようだ。

手代の気持ちが平次への警戒心であふれている。

平次も気が付いたらしい。

「これを買った客のことを訊きたいだけなんだ。そう固くならないでくれ」

平次が穏やかに笑った。

手代がほっとした顔になる。たかりの手口ではないと思ったようだ。

「その下駄なら見覚えがあります。この間雨が降った日に、お買い求めになりました」

「そのときは、そいつは下駄だったのかい」

平次が言うと、手代は少し考えた。

「いえ。そのときは草鞋（わらじ）ですね」

「草履じゃなくて草鞋なのかい」

「はい」

草履と草鞋は似ているが少し違う。草鞋のほうがたくさん歩くためのものと言える。だからその男は長く歩いていて、雨に降られたというわけだ。

そして足が濡れるのを嫌って下駄にしたのだろう。

「雨が降って檜の下駄とは豪勢だな」

檜の下駄のほうが杉の下駄よりも少し水をはじく。だから贅沢をするならたしかに檜のほうがいい。

そのかわり杉よりもずっと高かった。

「背格好はわかるかい」

「背はわりと高かったです。親分よりも少し高い。あと伽羅の匂いがしました」

「そいつは伊達男だな」

平次が腕を組んだ。

「はずれかな」

もし掏摸なら、伽羅の匂いはさせないだろう。目印になるからだ。

「顔はどうなんだ」

「役者みたいでした。整ってましたよ」

「そうか。ありがとうよ。ところで簪を見せてくれないか。こいつに似合うようなものがいいんだが」

平次が言うと、手代が本物の笑顔を見せた。

「こちらへどうぞ」

案内されたのは、様々な簪が並んでいるところだった。

材質も多彩だが、月をあしらった簪や、魚を描いた小物などがある。

干支(えと)の簪もあった。

その中に、十手をかたどった簪があった。手に取ると、手代が軽く笑った。

「それならお安くしますよ。仕入れたはいいが、全然人気がないのです」

たしかに十手の簪は人気がないだろう。江戸で女性に不人気な職業といえばまずは十手持ちだ。

「鼈甲(べっこう)ですか？」

「模造品ですよ。表は鼈甲ですが中は馬の爪です」

とはいっても、表が鼈甲なだけでもかなり高いだろう。

「いくらだ」

「一分でどうですか」

高い。簪も安いものなら十九文で買える。一朱ならまだしも一分というのはたまの感覚では考えられないほど高価だ。

「じゃあこれをくれ」

平次がためらわずに言った。

「いいの？」

たまが思わず平次の顔を見た。

「この間の褒美もまだあるからな」

平次が笑った。

「大切にするね」

人間からの贈り物は、妖怪にはとても大切だ。一生というにはたいていのものが壊れてしまうが、長い間大切にするものだ。

「いまつけてみてもいい？」

「いいよ」

つけると、髪にしっくりくる。

「少し趣味が悪いかもな」

平次が笑った。

「そんなことないよ。嬉しい」

当分髪はまとめておこうと思った。

店を出る。

「たいした手がかりはなかったな」

平次が息をついた。

「でも、匂いがわかるなら追えるかもしれない」

平次を元気づける。それにしても、どうして伽羅の油などをつけているのだろう。ただのお洒落(しゃれ)なのだろうか。

「なにか食べていくか。食べたいものはあるか?」

「なんでもいいよ。食べなくてもいい。簪高かったし」

「それは別だからな。鰻でも食うか。安い店で」

「嬉しい」

平次の体に抱きついた。

ふっ、と、頭が軽くなった。髪がはらりと落ちる。頭に手をやると簪がなくなっていた。同時につむじ風の匂いがした。

匂いのほうを見ると、男のかまいたちが簪を手に笑っていた。

「返して」

たまが言った。自分でも声に殺気がこもるのがわかった。

「いやだね」

かまいたちが、簪を地面に捨てた。それから足で踏みにじった。簪が壊れるのがはっきりと見える。

その瞬間、世界の色が変わった。気持ちがすっと静かになる。

たまは勘違いしていたらしい。人間の手助けのためにやって来たのではない。奴らは江戸の妖怪に喧嘩を売りに来たのだ。

「わかった」

たまははっきりと言った。

自分でも声の冷たさを感じる。

「殺し合いたいんだね」

たまの声を聞いて、かまいたちはなにか感じたようだ。少し怯んだ様子を見せる。

「殺し合いって、少し大げさじゃないか？」

「平次からの贈り物を壊したんだから。死ぬでしょ、普通」

たまが一歩前に出た。かまいたちの気配が消えた。あとには壊れた簪が残った。素早く拾いあげる。しかしもう粉々になっていた。

「見事に砕けてるな。新しく買おう」

平次が肩をすくめた。

「今度でいい」

たまは砕けた簪を懐紙に包むと懐に入れた。

「あいつらをずたずたにしたら買って」

それから平次に笑顔を向けた。

「少し用事ができたから。またあとでね」

それから平次に背を向けると、志津のところに向かった。

志津は両国広小路で麦湯を売っていた。店には行列ができている。麦湯は看板娘の美人の度合いで売り上げが変わる。

志津はおっとりとした様子で人気を集めていた。

「こんにちは」

挨拶をする。

「なにかあったのですね。そんなに殺気を出しては駄目」

志津がくすりと笑った。

「休憩とるから待っててください」

そう言って志津はすぐに麦湯を出してくれた。両国の麦湯売りは屋台で、店の前に置かれた腰かけで飲む。

たまもそのうちのひとつに腰かけた。

「どうしたのですか?」

志津が心配そうな顔になった。

「これ」

粉々になった簪を見せる。

「平次からの贈り物をかまいたちに砕かれた」

たまが言うと、志津の顔色も変わる。

「ひどいですね」

それから優しい笑顔で微笑んだ。

「殺してもいいでしょう」

志津の笑顔で少しだけ我に返る。

どうしよう、と思った。志津は本当に殺すかもしれない。ずたずた、ではなくて殺す、だ。

樹木の妖怪は妖怪を根っ子でしばりつけて自分の養分にすることができる。そうなると再生もできない。

志津はあきらかに本気である。

殺すのはどうなんだろう。たまは少しだけ落ち着いた。たしかに許しがたいことではあるがかまいたちには戸惑う様子もあった。

大切なものだと知らずに壊したに違いない。

「わたしならもう殺してるわ」

志津がにこにこしたまま言った。その言葉に偽りはないだろう。

「そうね」

たまも頷いた。

「でも。事情はわかりました。かまいたちは少しこらしめておきます」

「どうやって？」

「秘密です」

志津が笑顔になる。

「うん。ありがとう。お願い」

「そのかわり、こちらにもお願いがあるのです」

「なに？」

「友だちになってください」

「いいよ」

たまは答えた。たしかに樹木の妖怪は友だちが少ない。長生きだし、強いし、怒ると怖いからだ。

たまは志津の店から出て、いったん長屋に戻ることにした。いずれにしてもこの壊れた簪をしまわないといけない。

長屋に戻ると、双葉もお雪も家にいた。双葉は針仕事。お雪は寝ていた。双葉が暑くないように双葉の部屋で寝ている。

「平次さんとでかけたんじゃないの？」

双葉が聞いてきた。

たまは黙って壊れた簪を見せた。

「かまいたちにやられた」

「平次さんからもらったもの？」

「うん」

「へえ」

双葉が楽しそうに笑った。

「面白いことをするわね」

双葉も迫力のある笑いを浮かべる。猫又は強力な妖怪だと思っていたが、じつは違うのかもしれない、と思うくらいその笑顔は怖かった。

「掏摸だかなんだか知らないけど、本気で喧嘩を売ってきたのね。それはなかなか馬鹿にしてくれてるわね」

双葉は大きく頷いた。

「わたし、こういうことする奴嫌いなの」

「どうしたらいいのかな」

「こんなときは、弱い奴から片付けるのよ」

「弱いって誰?」

「ろくろ首よ」

双葉は当たり前のように言ったのだった。

そして三日後。

たまと双葉、お雪、菊一郎の四人は向島にいたのだった。

「本当にここにろくろ首がいるの」

「飛頭蛮だけどね」

菊一郎が言った。

「向島は閑静な場所だ。山の中に住んでいる飛頭蛮には過ごしやすいんだよ」

「でも。他の妖怪はともかく、飛頭蛮はなんであいつらの仲間になってるんだろうね。あまり意味はなさそうだけど」

お雪が言った。

「簡単だよ。追い出されたんだろう」

菊一郎が答えた。

「あいつらは人を食うから。最初は隠れててもそのうちバレるんだ。他の妖怪と違ってあいつらは引っ越しだな」

「どうしたらいいの」

「あいつらだけは殺さないと駄目だ。同じ妖怪同士といっても他の連中とは違うからな」

菊一郎が指を鳴らした。

「弱いの？」

「すごく強い。首が飛ぶんだが、そのときは殺せない。一方的に食われるだけだ」

「じゃあ駄目じゃない」

たまが少しあきれた。そんなに強いなら準備がいるだろう。

「そのかわり強いのは首だけだ。本体を見つけることができれば本体は弱い。本体を動かしてしまえば、奴らは体に戻れなくなって死んでしまうのさ」

弱点をつけばいいというところだ。

深夜になると、向島のあたりにひらひらと舞う首があった。

「なんだか不思議な光景ね。なにをやってるのかしら」

「あれは昆虫を食べてるんですよ」

菊一郎が言う。

「飛頭蛮って虫を食べるの？」

「山の妖怪だからね。なんでも食べるさ。むしろ米をあまり食べない」

「菊一郎とは大分違うのね」

「俺は大工だからね。黒米とぬか漬けで生きてるよ」

首がのびるろくろ首とは似て非なるものらしい。

たまは空気の匂いをかいだ。飛頭蛮の匂いがなんとなくわかる。

「体はこっちだと思う」

匂いを追いかけると、一軒のあばら家があった。中には五つの体がある。首はついていなかった。

「これを蹴飛ばせばいいのかしら」

たまが言うと菊一郎は、黙って体を蹴り飛ばした。五体全部蹴ってしまう。

「これでいい。ただしすぐ逃げないと殺されるよ。狂暴になるからね」

そういう、菊一郎に続いて一行は家を出た。

「奴らを倒したら、家の中をあさろう。きっと仲間の手がかりがある」

菊一郎が外に出るとすぐに飛頭蛮が襲ってきた。なにが怖いといって顔が怖い。死にもの狂いというのはこういうことだろう。

お雪が冷気を吐いた。

しかし凍らない。反対にお雪に嚙みついてきた。

「ちょっと。危ないじゃないか」

お雪があわててよける。

「菊一郎。なんとかならないの」

「本体にしか攻撃は効かないんだよ」

「じゃあ体をやる」

たまがあばら家に飛び込んだ。

飛頭蛮の体に爪を立てる。まだ生きている体は痛みを感じるらしい。表から飛頭蛮の悲鳴が聞こえた。

双葉が入ってくる。

「面白そうね」

笑顔になっている。

「面白くないわよ」

「わたしには面白いの」

そう言うと双葉は飛頭蛮の首の付け根あたりに左手を当てた。

「ここを食べればいいのね」

そう言うと、体を見つめる。

双葉は次々と手を当てていった。

そのたびに表で悲鳴があがる。

五体全部に手を当てると、双葉は立ち上がった。

「これで終わり。美味しくはないわね」

双葉が立ち上がると、あたりを見回した。

「たまじゃないと部屋の中は見えないわ」

双葉の視力では闇の中は見えない。たまが見ると、手紙の束のようなものがあった。

「これかな」

手紙には名簿があった。

「巾着切りの銀蔵(ぎんぞう)って人が相手の親分みたいね。江戸の掏摸を追い払って上方の掏摸が支配するって書いてある」

「上方の人ってそれ好きよね。江戸っ子が上方を支配したいなんて聞いたこともないけど」

双葉があきれたように言った。

「でもこれで手がかりはつかめた。一気にけりをつけようじゃない」

「これによると、飛頭蛮と猫又が江戸の妖怪を襲って倒すつもりだったみたい」

「それは舐められたものだねえ」

でもたしかに上方の妖怪は強いことが多い。飛頭蛮だって、なにも知らずに襲われたら対抗できなかったかもしれない。

「ところで双葉はなにを食べたの」

「妖気の素。精気を食べられると妖怪も簡単に死んでしまうのよ」

そういって双葉はころころと声をたてて笑ったのだった。

「次は猫又をやっておくほうがいいね」

たまが言う。猫又も強い。しかも今度は肉弾戦だろう。ここはたまの出番に違いない。

「猫又はこっちでやるからいいよ。それよりもかまいたちをやりな」

お雪が言った。

「そうなの？」

「恨んでるんだろ？」

お雪に言われて大きく頷く。かまいたちだけは許すことができない。

「飛頭蛮がやられたことはすぐ伝わるだろう。しばらくしたら蘭と志津も来るだろうからゆっくり待とうじゃないか」

仲間の妖怪がやられると、なんとなくわかる。仲間になったときになんとなく心が結びつくからだ。

だから仇を取るために、やって来るだろう。

しばらく待っていると、思った通り猫又とかまいたちがやってきた。かなり腹を立てているようだ。

仲間を殺されたのだからそうだろう。一度仲間だと思ったらどんなに悪い奴でも仲間だ。殺されて黙っているわけにはいかない。

妖怪同士で殺し合いをするのは好きではない。が、飛頭蛮が絡んでくる事態だったのだからこればかりはどうしようもない。

そもそも人を喰う妖怪と手を組むのがよくない。

「お待たせ」

敵よりも先に蘭と志津が着いた。

「殺していいの？」

志津がにこやかに訊いてきた。

「そんなに殺したいの？」

たまが訊く。

「美味しそうだから」

過去にかなりの妖怪や人間を食べたのだろう。これだから樹木は恐ろしい。蘭のほうもどう答えたらいいかわからないようだ。

しばらくすると、まず猫又が近付いてきた。それからかまいたちである。かまいたちはひとりしか見えない。残りのふたりはたいてい影の中に潜んでいる。

「いるんやろ？」

猫又が叫んだ。

「正面からやろう」

相手に言われてたまは立ち上がった。いまさら小細工でもないだろう。

「いいけど。わたしはそちらのかまいたちとやるの。許せないから」

たまが言うと、猫又が不思議そうな顔をした。

「なんや。なにかあったんかい」

猫又がかまいたちのほうを見た。

「人間からの贈り物を壊したらしい」

かまいたちが不愉快そうに言った。

「人間からのものがそないに大切なんか。くだらない」

猫又が吐き捨てた。

「まあいいじゃない。やろうよ、猫又」

蘭が進み出た。

「あたし、猫が嫌いなんだ」

「へえ。わたしも狐が嫌いなんだ」

睨み合っている二人は置いておいて、たまはかまいたちを睨んだ。

「わかってるよね」

「知らないな」

かまいたちがうそぶいた。

「人間なんかに飼われたいのか」

からかうように言う。

「飼われたい。撫でられたい。そんなこともわからないの？」

たまは笑った。

そう。たまは平次が好きなのだ。かまいたちにはわからないだろう。

「一人じゃ駄目だよ。相手は三人なんだから」

双葉が前に出た。

「それに独り占めはだめ」

「わたしもやるから」

お雪も前に出る。

「ふん。雑魚が三人いても一緒だね」

かまいたちが言う。

「見えないだろう。どうせ」

「見なくていいよ」

お雪が言った。

かまいたちが見えなくなった。たまの視力でも追えない。が、すぐに地面に転がった。お雪の足元にころがっている。

「なぜだ?」

かまいたちが驚いた顔をした。

「つむじ風を凍らせたんだ。そしたらもう早くは動けないんだよ」

お雪が平然と言った。

かまいたちは風の妖怪だから、風が乱れるともう駄目だ。ただのイタチになってしまう。

転がっているかまいたちをたまが摑んだ。

「許してください」

かまいたちの影から声がした。

見ると、少女と少年が悲しげな顔をしていた。どちらも十二歳くらいだろうか。

「かまいたちって上と下はかなり歳が離れてるんだね」

「お願いです。許してください」

そう言われてはしかたがない。たまとしても、子供を痛めつける気はなかった。

「まあ。反省するなら」

思わず言った。

「だが断る」

後ろから双葉の声がした。

双葉がしゃがみ込むと、かまいたちの右足に手を添えた。

「あまり手加減しては駄目よ。たま」

そう言うと、あたりにかまいたちの悲鳴があがったのだった。


「あとは掏摸だけね」

双葉が地面に転がった猫又とかまいたちを見下ろした。

かまいたちと猫又をしばりあげる。

「人間のほうはどうしよう。こいつらは口を割らないんじゃないかな」

「これもだめだね」

蘭が猫又を地面に放り出した。

「なに簡単に負けてるのよ」

たまが悪態をついた。たしかに敵だが、猫又が簡単に狐に負けるというのは許されるものではない。

「そいつ強いんだよ」

猫又が苦しそうに言った。

「猫に負けるほど落ちてはいないわよ」

蘭が誇らしげに言った。

「それでどうなの。あなたは口を割るの」

たまが言うと、猫又は顔をそむけた。

「いやなこっちゃ」

さすがに口を割りそうにはない。

「なにも話さなくてもいいわよ」

双葉が前に出た。

「少し大人しくしててくれればそれでいい」

言いながら左手を猫又の目に近づける。

「なにをするの」

猫又がさすがに怯えた声を出した。

「目っていうものはね。見たものをしばらくは焼き付けているのよ。目が持っている記憶を食べるのよ」

双葉はにこにこして言う。

「だから相手の顔がすぐわかるわ」

「こいつなんなんや」

猫又がかすれた声を出した。

「ふた口女よ」

双葉が普通の声で言う。

「よく食べる妖怪やないの？」

「よく食べるわよ。記憶でも妖力でも」

それから双葉は少し笑った。

「苦しいけど我慢してね」

猫又の悲鳴が聞こえる中で、たまは双葉と喧嘩をするのはやめようと思ったのだった。

そして翌日。

たまたちは、かまいたちをかついで日本橋にいた。といってもかつぐのは双葉である。猫又はあばら屋に置いてきてある。

「どこにいるのかしらね」

たまが息をついた。双葉には顔がわかっているが、たまにはわからない。そのかわり、たまは匂いで探すことにした。

いずれにしても悪意の匂いはあるだろう。

しばらくすると、悪いことをたくらんでいる匂いがした。夏は冬よりも見つけやすい。匂いは四人分あった。

これではないかとあたりをつける。

「双葉。本石町に悪いやつがいる」

「多分それね」

双葉も頷く。

「平次、行こうか」

「おう」

通行人がいっせいにたまたちを振り返った。それはそうだろう。ぐったりしたかまいたちを肩に担いで双葉が歩いているのだ。

妖怪だとわかってもかまわないと肚を決めていた。

本石町のところに男が四人固まっていた。

「あれで間違いない」

双葉が頷いた。

平次が十手をもって前に出る。

「おう。掏摸の銀蔵だな。仲間の妖怪は捕まえた。神妙にしろ」

平次の声が響きわたった。

あたりにいた通行人がいっせいに下がる。銀蔵たちと平次たちが向き合う形になった。

「いったいなんのことですか？」

銀蔵が引きつった笑いを浮かべた。かなりあせっているようだ。

「お前が上方からやってきて江戸を荒らしていることはわかってるんだよ」

平次が前に出る。

銀蔵たちは顔を見合わせた。

逃げ出そうにも逃げ出せない状況だ。

「なにか証拠でもあるんですかね」

銀蔵が言う。

「証拠はこれさ」

双葉が、かまいたちの長男を地面に放りだした。まるでお手玉でも投げたかのような軽さで地面を転がった。

男たちがぎょっとする。双葉の体格からは想像もできない腕力だ。

「かまいたちじゃねえか。ほかの二人は?」

「土蔵に閉じ込めてある」

双葉が言う。

「他の連中も全部倒したよ」

たまが言う。こちらはたまと双葉、蘭、志津に平次がいる。菊一郎はもう興味がなくなって大工仕事に行っていた。

「そういうわけだからあきらめろ」

平次が言った。

「待て。ちゃんと裁きを受けさせてくれるんだろうな」

銀蔵が顔を引きつらせた。

奉行所に連れて行かれて裁かれるのであればましである。江戸の掏摸の元締めに差し出されるのが最悪であった。

掏摸の仕置きで殺されてしまうかもしれない。

「裁きを受けたいって言うのかい」

平次が笑った。

「もちろんだ。悪事の罪は奉行所で裁くものだろう」

汗をかきながら銀蔵が笑顔になる。掏摸の場合、奉行所なら殺されることはまずない。

「まあ。俺はそれでもいいんだけどよ。こいつらがどうかな」

平次がたまたちに視線をやった。

「こいつらって？」

地面から不意に木の根が生えた。男たちの足に絡みついていく。

「食べていいんでしょう？　これ」

志津がくすくすと笑った。

「人間は栄養が詰まってるから嬉しいわ」

それから志津はかまいたちを睨んだ。

「いいわよね。くれるんでしょう？」

志津が睨む。

かまいたちにとっては苦しい選択である。力を貸すと約束した人間を売り渡すのは信用に関わる。少なくとも百年は他の妖怪に相手にされることはないだろう。

しかし断れば志津に殺されるかもしれない。

命か、妖怪の矜持かである。

「俺を……食べて」

かまいたちが死にそうな声で言った。どうやら妖怪の矜持が勝ったようだ。

「そう。まあ妖怪も悪くないわね」

志津が頷いた。

「え。食べるのか？」

平次が驚いた声を出した。

「なぜ食べないと思うの？」

志津が不思議そうに言う。

「いや。ここはさ。心がけが立派だから助けよう、じゃないのか？」

平次が困った顔をした。

「なぜ？　あなたは目刺しを食べるときに目刺しの心情を考えているの？」

「目刺し……」

平次が黙った。それからたまを見る。

「これって普通なのか？　俺たちは目刺しなのか？」

「樹木の妖怪はそういうものだよ」

たまは頷いた。自分の好きな相手以外は全部養分、が樹木の基本だからだ。たまとしても相手にあまり同情的ではないのだが。

「突き出さないと平次の手柄にならないから、人間はやめて。それに健太も足を洗えなくなっちゃうよ」

たまが言う。

「そうね。手柄が必要ならそうね。この妖怪だけにしておく」

志津はごく普通の顔でかまいたちに近寄った。かまいたちは観念したようにぐったりしている。

「待ってくれ」

銀蔵が言った。

「なに？」

志津が微笑んだ。

「他の方法はないか」

銀蔵が青い顔をする。

「どんな方法があるのか言ってごらんなさい」

そう言われて銀蔵は黙った。そう簡単に方法があるわけもない。たまにしても思いつかない。

「あの」

一味のひとりが口を挟んだ。

「下草を刈らせていただきます」

そう言われて、志津の表情がやわらいだ。

「それは本当ですか？」

「はい」

志津は考えこんだ。樹木の妖怪は本体の木が倒れると死んでしまう。だから木のまわりを整えるというのは魅力があるのだ。

「どうしよう。でも人間に本体を教えるわけにもいかないわね」

志津が考え込む。それから首を横に振った。

「やはりそれは無理ね。でもありがとう」

志津の表情が穏やかになっていた。

「健太さんになにかいいことをしてもらうのがいいのではないかしら」

たまが言った。

「人間なんだから。人間の力にはなるでしょう」

「それもそうね」

志津は男たちを見た。

「お前たちはわたしの夫の力になれますか？」

「なるなる」

「罪に問われても？」

「俺たちの仲間がかならず力になりますから」

掏摸は仲間が多いからこれは信じられる。

「人質をとらなくても平気でしょうか」

志津が平次に訊いた。

「裏切る度胸はないだろう」

平次が答えると、志津は大きく頷いた。

「では許します」

男たちは腰が抜けたようにへたり込んだ。それから這うようにしてかまいたちのところに近づいて泣いてしまった。

なんだかこちらが悪いような展開だ。とたまは思う。

「わたしの簪をどうしてくれるのかしら」

たまが自分の本題に入る。

「簪?」

銀蔵が言う。

「平次が贈ってくれた簪をそこのかまいたちに壊されたんだけど」

「弁償します」

銀蔵が頭を下げた。

「平次に弁償してね。平次から贈ってもらった簪じゃないならなんの意味もないんだから」

大切なのは平次の心だからだ。それを壊されたのがかなり腹立たしい。

「わかりました。きちんとさせていただきます」

男たちは頭を下げた。

「じゃあ、これで一応決着ついたのかな。締まらないが」

平次が笑いながら言った。

そして。

巾着切り掏摸団は全員がお縄になったのであった。銀蔵たちを入れて十二人であった。妖怪はもう人間に関わらないといって逃げて行った。


事件が終わった翌日。

双葉が楽しそうに洗濯物を干していた。

「元気そうね」

たまが声をかける。

「ま。それなりに楽しかったからいいね。美味しかったし」

双葉が楽しそうに言った。

「美味しかった？　なにか食べたの？」

玉が訊くと、双葉は右手の人差し指を唇に当てた。

「ひみつ」

なにかヤバいものを食べたらしいが、聞くのが怖いからそっとしておくことにする。

それにしても捕り物は案外面白い。

癖になりそうだ。

たまは部屋に戻るとまだ眠っている平次の右腕に腰をかけた。

「なんだ」

平次が眠そうな声を出した。

「今度の捕り物はいつあるのかな」

たまはそう言うと、平次の頬を舐めた。

平次の頬はぴりりとして刺激的な味がしたのだった。

エピローグ

りりん、りりん、りりり、と、虫の声がした。

夏も終わりになるととにかく虫の声が騒がしい。

たまは日本橋の通りをゆっくりと歩いていた。

わきには平次がいる。見廻りという名の逢引きである。平次の腕にしっかりとしがみつく。最近平次はたまと腕を組むのをいやがらなくなった。

単純に慣れたのか諦（あきら）めたのかはたまにはわからない。

しかしいやがっていないことは匂いでわかる。

そして最近は日本橋の匂いに大分慣れた。日本橋の匂いは両国とは大分違う。いちばん大きい違いは薬の匂いである。

両国は安いものばかり扱うから薬は売っていない。だから日本橋に来るとまず薬の匂いが目立つ。

桂皮の匂いがあふれていた。

それから化粧品の匂いである。食べ物と化粧品と薬の匂いが混ざっているのが日本橋という感じである。

「お、妖怪の親分さん。うちの饅頭はどうだい」

最近なじみになっている鳥飼屋が声をかけてきた。鳥飼饅頭が名物で、日本橋でも人気がある。

「おう。そうだな。ありがとう」

平次が頷いた。

かまいたちの一件で、人々は江戸には妖怪が住んでいるのだ、というのがなんとなくわかったようだった。

あまり派手に知られると困ってしまうから、奉行所としては読売などで扱うのは禁止してくれた。

そのかわりたまやお雪が登場する「黄表紙」がたくさん出版されることになった。

いまやたまとお雪は人気の登場人物である。

そのせいもあって、平次は「妖怪の親分さん」としてモテている。たまといるせいかやたらと食べ物をくれる。

鳥飼饅頭は、赤飯に粟(あわ)や稗(ひえ)をまぜて甘く味つけしたものだ。ぶちぶちとした触感が舌に心地いい。

「ところで最近はどうだい」

平次が声をかけた。

「おかげ様で平和です」

かまいたちが痛い目を見てから、悪さをする妖怪は大人しくしている。勝てない戦いはしかけてこないのが妖怪だ。

なので江戸の町はいまとても平和である。

「丸角屋でいいか？」

平次が訊いてくる。

「どこでもいいよ」

かまいたちに壊された簪を、あらためて買いなおしてくれることになった。

「今日は本物の鼈甲でいいからな」

平次が胸を張る。

「大丈夫？　博打(ばくち)ですってないの？　賭場(とば)には行ってるでしょ？」

たまが思わず訊ねた。

「行ってはいるが賭けてない」

「どうして？」

「妖力でいかさまをするんじゃないかって疑われてな。賭けられないんだ」

「真人間になれていいじゃない」

たまはつい笑ってしまった。

たしかに人間からすると、妖怪を嫁にしている段階で博打に混ざってほしくはないだろう。実際にたまであればサイコロの目をあやつるくらいはたやすい。

「じゃあ博打をやる時間を使ってたまと遊ぶといいよ」

たまが言うと、平次が首を横に振った。

「よせやい。岡っ引きにはそれなりの付き合いってものがあるんだ」

平次が強がった。

それは本当にそうだ。妖怪のことがわかってから、前よりも付き合いが広くなったらしい。

江戸っ子が案外簡単に妖怪を受け入れたのはたまにも意外だった。しかし奉行によるとそんなに不思議ではないらしい。

もともと黄表紙の中では「異類合戦物」というのがあって、さまざまな動物だけではなくて蕎麦やうどんまで人間として描かれている。

だから猫又や雪女がいたくらいでは気にならないらしい。

「そう言えば双葉の仕事が倍になったんだよ」

双葉は「美少女妖怪お針子」として江戸っ子の心を摑んだ。いまでは二ヵ月待ちというような状況になっていた。

「平次と出会ってみんな幸せになったにゃん」

甘えて腕にしがみつく。

「俺は博打が打てなくなったけどな」

平次がぼやいた。

「幸せじゃないの？」

「いや、幸せだ。お前が嫁になってくれたからな」

平次が楽しそうに笑った。

丸角屋につくと、手代が飛んできた。

「いらっしゃいませ」

ものすごい笑顔である。前回来たときと態度がまったく違う。

「こちらにどうぞ」

案内されると、店の奥には色とりどりの十手をあしらった簪があった。

「これなに?」

「いま一番人気なんです」

手代がにこやかに言う。

どうやら「たま風」というのが流行っているらしい。まわりから、たまに向けられた視線を感じる。何を買うのか見ているのだろう。平次が買ってくれるということが大切だからだ。

たまとしてはそんなに高望みはしない。

「じゃあこれにしよう」

平次は本物の鼈甲でできた簪を選んでくれた。もちろん十手のあしらわれたものである。

「ありがとう」

たまは受け取ると鼈甲の匂いを嗅いだ。あきらかに本物だ。鼈甲の香りはけっこう好きである。

簪を挿すと、町娘風になって気分がいい。

「じゃあ鰻でも食べて帰るか」

平次が言う。

「うん」

幸せいっぱいで鰻屋を目指して歩いていると。

悪事の匂いがした。

「どうした？」

「この先に悪い人がいるね」

たまが言うと、平次が十手を握りしめた。

「どいつか教えてくれ」

「鰻は？」

「あとに決まってるだろう」

「人間にまかせればいいじゃない」

たまが言うと、平次は真面目な顔でたまを見た。

「俺は人間だ」

「あそこで呉服屋を覗いてる人が怪しいよ。紺色の着物に雪駄ね」

「わかった」

平次が楽しそうに飛び出していった。まさに生きているという感じだ。ああいう熱は妖怪にはあまりないから羨ましい。

たまよりも十手が好きというのが少し妬ましいが。

男が逃げるのを追いかけていくのが見えた。これは鰻は駄目そうだ。

今日のところは鰻の煙で我慢することにする。多分ふたりで行ったであろう鰻屋の前まで行く。

本石町にある山本屋伊助という鰻屋だ。

ここは鰻もだが、飯が美味しいというのでいつも列ができている。

「お。たまちゃん。鰻どうだい」

表で鰻を焼いている店主が声をかけてきた。

「ひとりだからお金ないの」

「たまちゃんから金なんて取らないよ」

店主はそういうと、一人前を準備してくれた。たまのために白焼きである。

「ありがとう」

いつの間にかすっかりなじんでいるな、と実感する。

そしてなんだか江戸の人間が好きになっている。

江戸を妖怪から守る仕事というのは悪くない。平次と一緒、というのもたまにとってはすごくいい。

そんなことを思いながら、たまは鰻に箸(はし)をつけた。

今日の鰻は飛び切り美味しい味がした。

○主な参考文献

『江戸生業物価事典』　三好一光編　青蛙房

『江戸・町づくし稿（上・中・下）』　岸井良衛　青蛙房

本書は文庫書下ろし作品です。

|著者| 神楽坂 淳　1966年広島県生まれ。作家であり漫画原作者。多くの文献に当たって時代考証を重ね、豊富な情報を盛り込んだ作風を持ち味にしている。小説に『大正野球娘。』『三国志』『うちの旦那が甘ちゃんで』『金四郎の妻ですが』『捕り物に姉が口を出してきます』『うちの宿六が十手持ちですみません』『帰蝶さまがヤバい』『ありんす国の料理人』などがある。

あやかし長屋(ながや)　嫁(よめ)は猫又(ねこまた)
神楽坂(かぐらざか) 淳(あつし)

2021年8月12日第1刷発行

発行者──鈴木章一
発行所──株式会社　講談社
東京都文京区音羽2-12-21　〒112-8001
電話　出版（03）5395-3510
　　　販売（03）5395-5817
　　　業務（03）5395-3615
Printed in Japan

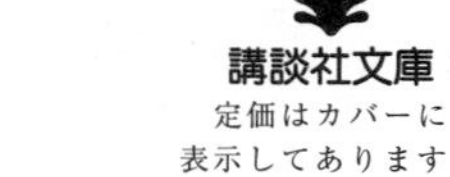

定価はカバーに
表示してあります

デザイン─菊地信義
本文データ制作─講談社デジタル製作
印刷───大日本印刷株式会社
製本───大日本印刷株式会社

ISBN978-4-06-524563-7

講談社文庫刊行の辞

二十一世紀の到来を目睫に望みながら、われわれはいま、人類史上かつて例を見ない巨大な転換期をむかえようとしている。

世界も、日本も、激動の予兆に対する期待とおののきを内に蔵して、未知の時代に歩み入ろうとしている。このときにあたり、創業の人野間清治の「ナショナル・エデュケイター」への志を現代に甦らせようと意図して、われわれはここに古今の文芸作品はいうまでもなく、ひろく人文・社会・自然の諸科学から東西の名著を網羅する、新しい綜合文庫の発刊を決意した。

激動の転換期はまた断絶の時代である。われわれは戦後二十五年間の出版文化のありかたへの深い反省をこめて、この断絶の時代にあえて人間的な持続を求めようとする。いたずらに浮薄な商業主義のあだ花を追い求めることなく、長期にわたって良書に生命をあたえようとつとめるところにしか、今後の出版文化の真の繁栄はあり得ないと信じるからである。

同時にわれわれはこの綜合文庫の刊行を通じて、人文・社会・自然の諸科学が、結局人間の学にほかならないことを立証しようと願っている。かつて知識とは、「汝自身を知る」ことにつきていた。現代社会の瑣末な情報の氾濫のなかから、力強い知識の源泉を掘り起し、技術文明のただなかに、生きた人間の姿を復活させること。それこそわれわれの切なる希求である。

われわれは権威に盲従せず、俗流に媚びることなく、渾然一体となって日本の「草の根」をかたちづくる若く新しい世代の人々に、心をこめてこの新しい綜合文庫をおくり届けたい。それは知識の泉であるとともに感受性のふるさとであり、もっとも有機的に組織され、社会に開かれた万人のための大学をめざしている。大方の支援と協力を衷心より切望してやまない。

一九七一年七月

野間省一

講談社文芸文庫 

成瀬櫻桃子

久保田万太郎の俳句

解説=齋藤礎英　年譜=編集部

小説家・劇作家として大成した万太郎は生涯俳句を作り続けた。自ら主宰した俳誌「春燈」の継承者が哀惜を込めて綴る、万太郎俳句の魅力。俳人協会評論賞受賞作。

なV1
978-4-06-524300-8

水原秋櫻子

高濱虚子　並に周囲の作者達

解説=秋尾　敏　年譜=編集部

虚子を敬慕しながら、志の違いから「ホトトギス」を去り、独自の道を歩む決意をした秋櫻子の魂の遍歴。俳句に魅せられた若者達を生き生きと描く、自伝の名著。

みN1
978-4-06-514324-7

神永　学　悪魔と呼ばれた男
神津凛子　スイート・マイホーム
岸本英夫　死を見つめる心〈ガンとたたかった十年間〉
北方謙三　汚名の広場
北方謙三　試みの地平線〈伝説復活編〉
北方謙三　抱影
菊地秀行　魔界医師メフィスト〈怪屋敷〉
桐野夏生　新装版 顔に降りかかる雨
桐野夏生　新装版 天使に見捨てられた夜
桐野夏生　新装版 ローズガーデン
桐野夏生　OUT (上)(下)
桐野夏生　ダーク (上)(下)
桐野夏生　猿の見る夢
京極夏彦　文庫版 姑獲鳥の夏
京極夏彦　文庫版 魍魎の匣
京極夏彦　文庫版 狂骨の夢
京極夏彦　文庫版 鉄鼠の檻
京極夏彦　文庫版 絡新婦の理
京極夏彦　文庫版 塗仏の宴—宴の支度

京極夏彦　文庫版 塗仏の宴—宴の始末
京極夏彦　文庫版 百鬼夜行—陰
京極夏彦　文庫版 百器徒然袋—雨
京極夏彦　文庫版 百器徒然袋—風
京極夏彦　文庫版 今昔続百鬼—雲
京極夏彦　文庫版 陰摩羅鬼の瑕
京極夏彦　文庫版 邪魅の雫
京極夏彦　文庫版 今昔百鬼拾遺—月
京極夏彦　文庫版 死ねばいいのに
京極夏彦　文庫版 ルー=ガルー〈忌避すべき狼〉
京極夏彦　文庫版 ルー=ガルー2〈インクブス×スクブス 相容れぬ夢魔〉
京極夏彦　分冊文庫版 姑獲鳥の夏(上)(下)
京極夏彦　分冊文庫版 魍魎の匣(上)(中)(下)
京極夏彦　分冊文庫版 狂骨の夢(上)(中)(下)
京極夏彦　分冊文庫版 鉄鼠の檻 全四巻
京極夏彦　分冊文庫版 絡新婦の理 全四巻
京極夏彦　分冊文庫版 塗仏の宴 宴の支度(上)(中)(下)
京極夏彦　分冊文庫版 塗仏の宴 宴の始末(上)(中)(下)
京極夏彦　分冊文庫版 陰摩羅鬼の瑕(上)(中)(下)

京極夏彦　分冊文庫版 邪魅の雫(上)(中)(下)
京極夏彦　分冊文庫版 ルー=ガルー〈忌避すべき狼〉(上)(下)
京極夏彦　分冊文庫版 ルー=ガルー2〈インクブス×スクブス 相容れぬ夢魔〉(上)(下)
北森　鴻　親不孝通りラプソディー
北森　鴻　花の下にて春死なむ〈香菜里屋シリーズ1〈新装版〉〉
北森　鴻　桜宵〈香菜里屋シリーズ2〈新装版〉〉
北森　鴻　螢坂〈香菜里屋シリーズ3〈新装版〉〉
北森　鴻　香菜里屋を知っていますか〈香菜里屋シリーズ4〈新装版〉〉
北村　薫　野球の国のアリス
北村　薫　盤上の敵〈新装版〉
木内一裕　藁の楯
木内一裕　水の中の犬
木内一裕　アウト&アウト
木内一裕　キッド
木内一裕　デッドボール
木内一裕　神様の贈り物
木内一裕　喧嘩猿
木内一裕　バードドッグ
木内一裕　不愉快犯

木内一裕 嘘ですけど、なにか?
木内一裕 ドッグレース
北山猛邦 『クロック城』殺人事件
北山猛邦 『瑠璃城』殺人事件
北山猛邦 『アリス・ミラー城』殺人事件
北山猛邦 『ギロチン城』殺人事件
北山猛邦 私たちが星座を盗んだ理由
北 康利 白洲次郎 占領を背負った男 (上)(下)
北 康利 福沢諭吉 国を支えて国を頼らず (上)(下)
貴志祐介 新世界より (上)(中)(下)
北原みのり 木嶋佳苗100日裁判傍聴記 〈佐藤優対談収録完全版〉
岸本佐知子 編訳 変愛小説集
岸本佐知子 編 変愛小説集 日本作家編
木原浩勝 文庫版 現世怪談(一) 主人の帰り
木原浩勝 文庫版 現世怪談(二) 白刃の盾
木原浩勝 増補改訂版 もう一つの「バルス」 〈宮崎駿と『天空の城ラピュタ』の時代〉
喜国雅彦 国樹由香 メフィストの漫画
喜国雅彦 国樹由香 本格力 〈本棚探偵のミステリ・ブックガイド〉
清武英利 石つぶて 〈警視庁 二課刑事の残したもの〉

清武英利 しんがり 〈山一證券 最後の12人〉
清武英利 トッカイ 〈不良債権特別回収部〉
喜多喜久 ビギナーズ・ラボ
黒岩重吾 新装版 古代史への旅
栗本 薫 新装版 絃の聖域
栗本 薫 新装版 ぼくらの時代
黒柳徹子 窓ぎわのトットちゃん 新組版
倉知 淳 新装版 星降り山荘の殺人
倉知 淳 シュークリーム・パニック
熊谷達也 浜の甚兵衛
倉阪鬼一郎 大江戸秘脚便
倉阪鬼一郎 娘飛脚を救え 〈大江戸秘脚便〉
倉阪鬼一郎 開運十社巡り 〈大江戸秘脚便〉
倉阪鬼一郎 決戦、武甲山 〈大江戸秘脚便〉
倉阪鬼一郎 八丁堀の忍
倉阪鬼一郎 八丁堀の忍(二) 〈大川端の死闘〉
倉阪鬼一郎 八丁堀の忍(三) 〈遥かなる故郷〉
倉阪鬼一郎 八丁堀の忍(四) 〈隻腕の抜け忍〉
黒木 渚 壁の鹿

黒木 渚 本性
栗山圭介 居酒屋ふじ
栗山圭介 国士舘物語
久坂部 羊 祝葬
黒澤いづみ 人間に向いてない
久賀理世 奇譚蒐集家 小泉八雲 〈白衣の女〉
決戦!シリーズ 決戦!関ヶ原
決戦!シリーズ 決戦!大坂城
決戦!シリーズ 決戦!本能寺
決戦!シリーズ 決戦!川中島
決戦!シリーズ 決戦!桶狭間
決戦!シリーズ 決戦!関ヶ原2
決戦!シリーズ 決戦!新選組
小峰 元 アルキメデスは手を汚さない
今野 敏 ST 警視庁科学特捜班 エピソード1〈新装版〉
今野 敏 ST 警視庁科学特捜班 毒物殺人〈新装版〉
今野 敏 ST 警視庁科学特捜班 〈黒いモスクワ〉
今野 敏 ST 警視庁科学特捜班 〈青の調査ファイル〉
今野 敏 ST 警視庁科学特捜班 〈赤の調査ファイル〉

今野　敏　ST 警視庁科学特捜班〈黄の調査ファイル〉
今野　敏　ST 警視庁科学特捜班〈緑の調査ファイル〉
今野　敏　ST 警視庁科学特捜班〈黒の調査ファイル〉
今野　敏　ST 為朝伝説殺人ファイル〈警視庁科学特捜班〉
今野　敏　ST 桃太郎伝説殺人ファイル〈警視庁科学特捜班〉
今野　敏　ST 沖ノ島伝説殺人ファイル〈警視庁科学特捜班〉
今野　敏　ST 化合 エピソード0〈警視庁科学特捜班〉
今野　敏　ST プロフェッション〈警視庁科学特捜班〉
今野　敏　特殊防諜班 諜報潜入
今野　敏　特殊防諜班 聖域炎上
今野　敏　特殊防諜班 最終特命
今野　敏　茶室殺人伝説
今野　敏　奏者水滸伝 白の暗殺教団
今野　敏　同期
今野　敏　欠落
今野　敏　変幻
今野　敏　警視庁FC
今野　敏　カットバック 警視庁FCII
今野　敏　継続捜査ゼミ

今野　敏　蓬莱〈新装版〉
今野　敏　イコン〈新装版〉
後藤正治　天人〈深代惇郎と新聞の時代〉
幸田　文　崩れ
幸田　文　台所のおと
幸田　文　季節のかたみ
小池真理子　冬の伽藍
小池真理子　夏の吐息
小池真理子　千日のマリア
五味太郎　大人問題
鴻上尚史　あなたの魅力を演出するちょっとしたヒント
鴻上尚史　鴻上尚史の俳優入門
鴻上尚史　青空に飛ぶ
小泉武夫　納豆の快楽
近藤史人　藤田嗣治「異邦人」の生涯
小前　亮　趙匡胤〈宋の太祖〉
小前　亮　賢帝と逆臣と〈康熙帝と三藩の乱〉
小前　亮　始皇帝の永遠〈天下一統〉
小前　亮　劉裕〈豪剣の皇帝〉

香月日輪　妖怪アパートの幽雅な日常①
香月日輪　妖怪アパートの幽雅な日常②
香月日輪　妖怪アパートの幽雅な日常③
香月日輪　妖怪アパートの幽雅な日常④
香月日輪　妖怪アパートの幽雅な日常⑤
香月日輪　妖怪アパートの幽雅な日常⑥
香月日輪　妖怪アパートの幽雅な日常⑦
香月日輪　妖怪アパートの幽雅な日常⑧
香月日輪　妖怪アパートの幽雅な日常⑨
香月日輪　妖怪アパートの幽雅な日常⑩
香月日輪　妖怪アパートの幽雅な食卓〈るり子さんのお料理日記〉
香月日輪　妖怪アパートの幽雅な人々〈妖アパミニガイド〉
香月日輪　妖怪アパートの幽雅な日常〈ラスベガス外伝〉
香月日輪　大江戸妖怪かわら版①〈異界より落ち来る者あり〉
香月日輪　大江戸妖怪かわら版②〈異界より落ち来る者あり 其之二〉
香月日輪　大江戸妖怪かわら版③〈封印の娘〉
香月日輪　大江戸妖怪かわら版④〈天空の竜宮城〉
香月日輪　大江戸妖怪かわら版⑤〈雀、大浪花に行く〉
香月日輪　大江戸妖怪かわら版⑥〈魔狼、月に吠える〉

香月日輪　大江戸妖怪かわら版⑦〈大江戸散歩〉
香月日輪　地獄堂霊界通信①
香月日輪　地獄堂霊界通信②
香月日輪　地獄堂霊界通信③
香月日輪　地獄堂霊界通信④
香月日輪　地獄堂霊界通信⑤
香月日輪　地獄堂霊界通信⑥
香月日輪　地獄堂霊界通信⑦
香月日輪　地獄堂霊界通信⑧
香月日輪　ファンム・アレース①
香月日輪　ファンム・アレース②
香月日輪　ファンム・アレース③
香月日輪　ファンム・アレース④
香月日輪　ファンム・アレース⑤(上)(下)
近衛龍春　加藤清正〈豊臣家に捧げた生涯〉
木原音瀬　箱の中
木原音瀬　美しいこと
木原音瀬　秘密
木原音瀬　嫌な奴

木原音瀬　罪の名前
近藤史恵　私の命はあなたの命より軽い
小泉凡　怪談四代記〈八雲のいたずら〉
小松エメル　夢の燈影〈新選組無名録〉
小松エメル　総司の夢
小島環 原作 あなしん 脚本 おかざきさとこ　小説 春待つ僕ら
呉勝浩　道徳の時間
呉勝浩　ロスト
呉勝浩　蜃気楼の犬
呉勝浩　白い衝動
呉勝浩　バッドビート
こだま　夫のちんぽが入らない
こだま　ここは、おしまいの地
講談社校閲部　間違えやすい日本語実例集〈熟練校閲者が教える〉
佐藤さとる　だれも知らない小さな国〈コロボックル物語①〉
佐藤さとる　豆つぶほどの小さないぬ〈コロボックル物語②〉
佐藤さとる　星からおちた小さなひと〈コロボックル物語③〉
佐藤さとる　ふしぎな目をした男の子〈コロボックル物語④〉
佐藤さとる　小さな国のつづきの話〈コロボックル物語⑤〉

佐藤さとる　コロボックルむかしむかし〈コロボックル物語⑥〉
佐藤さとる　天狗童子
佐藤さとる 絵／村上勉　わんぱく天国
佐藤愛子　新装版 戦いすんで日が暮れて
佐木隆三　慟哭〈小説・林郁夫裁判〉
佐木隆三　身分帳
佐高信　石原莞爾その虚飾
佐高信　わたしを変えた百冊の本
佐高信　新装版 逆命利君
佐藤雅美　恵比寿屋喜兵衛手控え
佐藤雅美　隼小僧異聞〈物書同心居眠り紋蔵〉
佐藤雅美　密約〈物書同心居眠り紋蔵〉
佐藤雅美　老博奕打ち〈物書同心居眠り紋蔵〉
佐藤雅美　向井帯刀の発心〈物書同心居眠り紋蔵〉
佐藤雅美　一心斎不覚の筆禍〈物書同心居眠り紋蔵〉
佐藤雅美　魔物が棲む町〈物書同心居眠り紋蔵〉
佐藤雅美　ちよの負けん気、実の父親〈物書同心居眠り紋蔵〉
佐藤雅美　へこたれない人〈物書同心居眠り紋蔵〉
佐藤雅美　わけあり師匠事の顛末〈物書同心居眠り紋蔵〉

講談社文庫　目録

佐藤雅美　御奉行の頭の火照り〈物書同心居眠り紋蔵〉
佐藤雅美　敵討ちか主殺しか〈物書同心居眠り紋蔵〉
佐藤雅美　江戸繁昌記〈寺門静軒無聊伝〉
佐藤雅美　青雲遥かに〈大内俊助の生涯〉
佐藤雅美　悪足掻きの跡始末　厄介弥三郎
酒井順子　負け犬の遠吠え
酒井順子　金閣寺の燃やし方
酒井順子　気付くのが遅すぎて、
酒井順子　朝からスキャンダル
酒井順子　忘れる女、忘れられる女
佐野洋子　嘘ばっか〈新釈・世界おとぎ話〉
佐野洋子　コッコロから
佐川芳枝　寿司屋のかみさん　サヨナラ大将
笹生陽子　ぼくらのサイテーの夏
笹生陽子　きのう、火星に行った。
笹生陽子　世界がぼくを笑っても
沢木耕太郎　一号線を北上せよ〈ヴェトナム街道編〉
沢村凜　タソガレ
佐藤多佳子　一瞬の風になれ　全三巻

笹本稜平　駐在刑事
笹本稜平　駐在刑事　尾根を渡る風
佐藤あつ子　昭　田中角栄と生きた女
西條奈加　世直し小町りんりん
西條奈加　まるまるの毬
佐伯チズ　新装版 完全版 佐伯チズ式「完全美肌バイブル」〈123の肌悩みにズバリ回答!〉
斉藤洋　ルドルフとイッパイアッテナ
斉藤洋　ルドルフともだちひとりだち
佐々木裕一　若返り同心　如月源十郎〈不思議な飴玉〉
佐々木裕一　若返り同心　如月源十郎〈闇の顔〉
佐々木裕一　公家武者　信平〈消えた狐丸〉
佐々木裕一　逃げた名馬〈公家武者　信平(二)〉
佐々木裕一　比叡山の鬼〈公家武者　信平(三)〉
佐々木裕一　公卿の罠〈公家武者　信平(四)〉
佐々木裕一　狙われた旗本〈公家武者　信平(五)〉
佐々木裕一　赤い刀身〈公家武者　信平(六)〉
佐々木裕一　帝の刀匠〈公家武者　信平(七)〉
佐々木裕一　若君の覚悟〈公家武者　信平(八)〉
佐々木裕一　くもの頭領〈公家武者　信平(九)〉

佐々木裕一　狐のちょうちん〈公家武者信平ことはじめ(一)〉
佐々木裕一　姫のため息〈公家武者信平ことはじめ(二)〉
佐々木裕一　四谷の弁慶〈公家武者信平ことはじめ(三)〉
佐々木裕一　暴れ公卿〈公家武者信平ことはじめ(四)〉
佐藤究　QJKJQ
佐藤究　Ank : a mirroring ape
佐藤究　サージウスの死神
佐野晶／三田紀房・原作　小説アルキメデスの大戦
澤村伊智　恐怖小説キリカ
さいとう・たかを／戸川猪佐武 原作　歴史劇画 大宰相〈第一巻 吉田茂の闘争〉
さいとう・たかを／戸川猪佐武 原作　歴史劇画 大宰相〈第二巻 鳩山一郎の悲運〉
さいとう・たかを／戸川猪佐武 原作　歴史劇画 大宰相〈第三巻 岸信介の強腕〉
さいとう・たかを／戸川猪佐武 原作　歴史劇画 大宰相〈第四巻 池田勇人と佐藤栄作の激突〉
さいとう・たかを／戸川猪佐武 原作　歴史劇画 大宰相〈第五巻 田中角栄の革命〉
さいとう・たかを／戸川猪佐武 原作　歴史劇画 大宰相〈第六巻 三木武夫の挑戦〉
さいとう・たかを／戸川猪佐武 原作　歴史劇画 大宰相〈第七巻 福田赳夫の復讐〉
さいとう・たかを／戸川猪佐武 原作　歴史劇画 大宰相〈第八巻 大平正芳の決断〉
さいとう・たかを／戸川猪佐武 原作　歴史劇画 大宰相〈第九巻 鈴木善幸の苦悩〉
さいとう・たかを／戸川猪佐武 原作　歴史劇画 大宰相〈第十巻 中曽根康弘の野望〉

講談社文庫　目録

2021年6月15日現在